大雪温暖

汪破窑 著

中国言实出版社

图书在版编目(CIP)数据

大雪温暖 / 汪破窑著 . -- 北京：中国言实出版社，
2022.9

ISBN 978-7-5171-4304-8

Ⅰ.①大… Ⅱ.①汪… Ⅲ.①短篇小说－小说集－中
国－当代 Ⅳ.①I247.7

中国版本图书馆 CIP 数据核字 (2022) 第 166091 号

大雪温暖

责任编辑：郭江妮
责任校对：张馨睿

出版发行：中国言实出版社
　　　　　地　　址：北京市朝阳区北苑路180号加利大厦5号楼105室
　　　　　邮　　编：100101
　　　　　编辑部：北京市海淀区花园路6号院B座6层
　　　　　邮　　编：100088
　　　　　电　　话：010-64924853（总编室）　010-64924716（发行部）
　　　　　网　　址：www.zgyscbs.cn　　电子邮箱：zgyscbs@263.net

经　　销：新华书店
印　　刷：阳谷毕升印务有限公司
版　　次：2023年1月第1版　　2023年1月第1次印刷
规　　格：880毫米×1230毫米　　1/32　　7.125印张
字　　数：150千字

定　　价：48.00元
书　　号：ISBN 978-7-5171-4304-8

序：芥末般的辛辣才是生活的本质

  这是汪破窑第一部短篇小说集，这是一本很有意思的书。汪破窑既残忍地剖开生活的本质，像往嘴里硬塞进了芥末，让人直流眼泪，同时又把温暖的阳光洒在身上，让你觉得残酷的生活现实还有诸多美好。这就是生活的真相。

  汪破窑已过不惑之年，但在小说家群落中是一个地地道道的新人，他在深圳某政府部门从事文字工作也已有十几年了，写总结、写汇报、写调研，写新闻，等等，每天要应付各种繁杂的工作，导致腰椎骨质增生、腰椎间盘突出，就是这样，他仍然忙中偷闲读书、写作。破窑兄具有较强的叙述能力和对文字的精准把握能力，特别是对细节的把控力很强。他的很多小说都是表现底层的小人物的故事，但笔墨清新，温暖动人，总是在一件平凡小事上找到让人震撼的东西，比如《大雪温暖》，比如《傻欢欢》，比如《金秀》，都是很出色的短篇。生活的颜色有多少种？有红色，也有紫色，有白色，也有黑色，正是有太多的色调才构建了色彩斑斓的生活。汪破窑曾说过"虽然过着俗气生活，却要书写诗意的人生。"对此，我完全赞同。这倒不是一个作家的悲悯心怀、马克思主义文艺观和社会价值观的需要，而是每一个人在这个尘世中生活的都不容易，但总得给自己留一点希望、一个奔头，汪破窑的这个说法似乎也在阐述他的小说特点。

仔细阅读汪破窑的小说，你会发现汪破窑较强的叙述能力和对细节的把控力这两个特点在他的每一篇小说里都有突出的体现，从他的文章里可以看出，细致入微是汪破窑的强项，而在日常生活中他也是一个细致入微的人，总是让身边的人倍感亲切、温暖。据汪破窑说，在日常生活中他注重观察周边的事物，看到一些人表情、动作和听到一些人的语言、腔调，他都能惟妙惟肖地模仿出来，而把它们转换成文字就水到渠成了。正是这样，原来庸常琐碎的生活碎片才会被他串联在一起成为一篇篇文字作品，让那些平凡的事情充满了感动，让那些平凡的人物鲜活起来，有了精神，有了灵魂。

短篇小说《大雪温暖》就是贴着人物写，贴着生活写，一个有烟火气的很好的例子。故事很简单，很平常，在我们的日常生活中也很常见，一对夫妻去街上卖菜，丈夫为了让体弱的妻子多休息一会，顶着寒风大雪，偷偷地一个人在雪地里采菜，而妻子醒后与丈夫一起劳作，坚持一起去街上卖菜，在街上他们遇到了一个"好心人"，买光了他们一车的菜，妻子从一个母亲的角度不停称赞这个年龄与儿子相仿的"好心人"，回到家后丈夫在整理钱币时发现"好心人"给的钱是假的，丈夫不想让妻子难过，而悄悄收起了那张假币，附和着妻子也称赞起那个"好心人"。整部作品一直是很平缓的叙述方式，却留下了一个意外的结局，但这个结局很温暖。这就是我们的日常生活，有各式各样的酸甜苦辣，酸甜苦辣中却有着温暖，有着感动，有着亲情，有着美好。这个小说篇幅不长，一万字左右，小说的大部分笔墨都用在描写夫妻俩采菜、卖菜的过程上，写的都是一些琐碎的小事，读下去很考验读者的耐心，到了文章的最后，戛然而止，破窑兄像是打出一记寸拳，劲爆地给了读者的一击，那么耐人回味，那么耐人咀嚼。

在汪破窑的短篇小说《回娘家》里，写的是一个农村女子桂芳因家贫无粮回娘家借粮的生活场景，借到粮这个故事就算结束了，很多人也许都会按照这条线索去写，汪破窑的高明之处恰恰在于也是这么写，而且细致入微地描写着家里如何艰难地过日子，娘家人的各种态度，特别是娘又是怎样偷偷地给钱补贴家用。看是平常、似曾相识的场景，把人的善良、友好平静地呈现出来，小说才写得那么平静，那么从容、那么循规蹈矩，甚至给人一种过于细致的感觉，好像缺乏写作技巧。到了文章的后面，汪破窑的笔墨的神奇之处出现了，那就是生活困苦的桂芳把娘给的钱给了一个叫"化汉鸭子"的人，"化汉鸭子"拿到钱了还不知足，还去桂芳篮里抢红薯，这是让人很气愤的。到了文章的最后，桂芳给"化汉鸭子"的钱又奇迹般地在篮子里出现了，这是整篇文章的亮点，"化汉鸭子"——一个傻子，却也能体会到他人生活的不易，而采取一种不易察觉的方式把钱还了回去，这值得细细品味。这种品德正是这个社会目前所稀缺的。善良不会消逝，爱心不会消逝，美好不会消逝。在司空见惯的生活中提炼出一篇篇有温度的小说，是汪破窑的特长，这也是汪破窑小说的美学特色。

汪破窑的小说的故事情节都很单一，大多是平缓地叙述，不带繁杂的修饰，如果你希望他的文字能带给你温暖，那么从他的文字里很难读出来。读汪破窑的文字是让人非常难受的，他总是把社会的现实的、残忍的一面赤裸裸地呈现在你面前，平白的语句下隐藏着一个让人怅然心痛的结局，但是如果你真能静下心来，认真研读，你才能从他简洁流畅的文字之中去发现温暖。

汪破窑的青少年是在湖北襄阳度过的，后面迫于生计压力才不得不离开乡村、离开父母、离开妻儿外出谋生，很快就靠自己的文字功底，靠自己的谦虚谨慎，靠自己的勤奋努力，在深圳这座城市找到了属于自己的位置，把户口迁到了这里，把家安在了这里，但他自始至终把自己当作一个异乡人，他的根还扎在生于斯长于斯的乡村。正是有这种情愫，他的作品中总能看到那些乡村的影子，也能看到他自己的影子，亲人、朋友、家乡，一草一木、一人一事，他都倾注了深情。他贴着生活写，贴着人物写，写自己熟悉的人与事，写自己凭空想象的悲与苦，写自己体味的情与欢，力求每一篇都写得不一样，让你看不出这些小说是出自一人之手，但篇篇语句纯熟凝练，结构短促有力，显示出他在创作过程中的节制和掌控能力，也显示出他在经历多种生活历练后的各种收获与感悟。

汪破窑虽然一直从事文字工作，但却是为他人作嫁衣，我能感受到他在创作道路上的艰辛，因为工作性质的关系，他工作繁忙，他只是默默在写，创作实绩有目共睹。汪破窑的作品充满了张力，很好地呈现过去和当下我们发生的一些不容回避的问题，这也充分体现了他写作的姿态，这是他的一个突出的特征，那就是——爱！对这个世界、对当下的生活充满了爱意。

当然，这本集子中也存在诸多不足，或者说对汪破窑有更高的要求和期待，作品的好与坏在这里我就不再赘述了，还是读者去品味吧。

文学道路漫漫，破窑兄，来日方长！

是为序。

远　人

2020 年 6 月于深圳光明

目 录
Contents

强记 store

我一直认为深圳的夜是最美的。高楼林立，霓虹闪烁，海市蜃楼一般，只有夜空中的那一轮明月夜夜流光皎洁。

经过一番深思熟虑，我把家安在了光明。光明区是深圳最年轻的一个区，这一片土地是我熟悉的地方，我青春的美好与疯狂都曾在这里留下了深深的印迹。定居光明后，我很少晚上一个人出门。我喜欢宅在家里的感觉。能一个人独处也是一种幸福。走出中央山小区，沿着望盛路漫无目的地向南走。天汇城的灯光把半边的夜空给点燃了，黑暗被赶到很远很远的地方。

三十年前，我还是一个涉世未深的毛头小伙，那时光明区还没有成立，深圳经济特区虽已成立已十多年了，但公明作为关外之地，加上在地处深圳西部，发展严重滞后，关内已有了城市的雏形，公明则像刚刚苏醒，凭借着房租低廉吸引一些低端的产业在此安营扎寨。公明镇唯一通向外界的道路就是一条松白公路，村里的道路还有不少是泥巴路断头路。我眼前的天汇城完全是大都市的产物，谁又能想到在它之前，这里曾是一片低矮的厂房，两层三层不等，屋顶搭一层铁皮棚，那里的工作环境相当恶劣，冬天的寒风透过铁皮的缝隙呼啸着刮进来，人的骨头都冻缩了，手、脖子缩在衣服里不愿出来；夏天的烈日毒得很，把所有的热量都聚焦在铁皮棚上，晒得发烫的棚顶根本隔不了热，它又把热量传递到棚内，热量聚拢在棚内就赖着不走了，人待在里面像是在蒸桑拿，浑身上下没一处是干的。我走到了松白路上，再沿着松白路往东走，脚步随着思想的信马由缰踽踽而行。

"华发路"三个字在路边的标牌赫然入目。我怎么会来到这里？走到这里顿时安静了许多，对面的繁华被柏白公路隔开。这条路，人少，车稀，这一份安静让我觉得多么的难得，就像到了一个空气负氧离子含量很高的林区，顿觉心旷神怡。小叶榕把灯光遮盖得严严实实，黑色的阴影下的华发路像一条河向前缓缓地流淌，夜晚愈发静寂。一阵风吹过，小叶榕发出一阵哗哗声，是叶子撞击的声音。从叶子缝隙里不小心洒出的一星半点儿光芒，把黑色的河流弄花了，似水流冲击礁石溅起的浪花，很快又恢复了它原来的样子。我最喜这宁静夜晚的月光，像一只老猫的脾气，温和、柔软、慵懒，就算月光溅进了眼睛，也是舒服的、柔和的，不像灯光，一副咄咄逼人的样子。

一家便利店从路边的榕树丛中钻了出来，门前放有几把长椅和桌子，坐了几个人，正在吃东西。便利店的招牌出现了，上面写着"强记 store"。是一个很熟悉的名字，仔细一看又觉得有些陌生，好像不是以前开的那家。店名的意思是一样的，但是写法却不一样，我记得以前那家叫"强记士多店"，没有英文，这家从名字上看与其他的店明显不一样，白底红字，装潢清爽。也许就是从以前那家"强记士多店"接手过来，为了显得有情调一些，改为"强记 store"。士多店十来个平方，被两旁的餐馆包围着，愈发别致了。那些餐馆的招牌、墙壁有烟熏火燎的痕迹，很有生活气息，油腻得很。门前屋檐下燃着一盏白炽灯，上面落了一层灰，死蚊子密密麻麻地粘在上面，还有数不清多少的蚊子不停地围着灯飞，有的还不停地撞击着灯泡，发出啪啪的声音，灯光愈发弱了。我不记我再次来到公明是否从此经过，也许坐在车上，急驶而过，不曾留意它的存在。在我的印象中，这样的小店深圳每天都要开几百上千家，也要倒闭几百上千家，没有人会在意它们的诞生与死亡。

士多店门前坐着三个年轻人，正在聚精会神地吃着炒粉、吸着田螺，一人手里一瓶小劲酒。炒粉和田螺应该是隔壁炒粉店打包过来的。炒粉店的招牌写着"爱上螺蛳炒粉店"。老板是一中年男子，正低头划着手机。老板娘徐娘半老，穿着十分时尚，不是脸上溢出来的那份只有女主人才有的神情，哪里看得出是这家炒粉店的老板娘。她悠闲地坐在一把红色的胶凳上，手里握着一把胶扇，不时在短裙下挥一下，驱赶着靠近小腿的蚊子。胶扇上面印着某男性门诊的广告。夫妻俩在等下夜班的工人，炒粉、生菜、打包盒、一次性筷子及红色的塑料袋都准备好了，在厨案上堆起高高的一摞。

　　我有些口渴，走进便利店，却没有看到老板，我喊了一声"老板，买东西。"依然没有人理我，门外那三个年轻人看了我一眼，笑了一下，让人觉得很诡异，他们把手里的劲酒碰了一下，轻轻地呷了一口，脸上露出表情是复杂的，喝前那么惬意，喝后那么痛苦，然后又露出了幸福的表情。我往爱上螺蛳炒粉店走去，老板娘立马站了起来，热情地招呼，老板，你吃啥？我有些尴尬，我说我不吃啥。老板娘一怔，也尴尬地笑了笑。一直专心划手机的中年男子抬起头盯了我一眼，又把头低下了，继续划他的手机。我问，隔壁士多店的老板呢？老板娘恍然大悟，哦，你找士多店的老板呀，他一大早把店门打开，人就没影儿了，不到晚上不回来，我也很难见到他的。她这个回答让我有一些发蒙。现在不就是晚上吗？我说，我想买瓶饮料。老板娘很平淡地说，你进里面拿就行了。我想，同行是冤家，虽然他们不是同行，可是我不光顾她家的东西却问她另一家老板，着实是一件让她不怎么开心的事情。

　　我悻悻离开。

　　那三个年轻人还在专心地用力地吸食着田螺，嗞嗞有声。一个年轻人又进了士多店，过了一会儿出来，手里又多了三瓶小劲酒和一袋盐煮花生。我觉得这个士多店的老板有点意思了，让我想见识一下究竟是何方神圣。我也不管了，大步走进店里，直奔冰柜，拿了一瓶鲜橙多，出来，坐在了那三个年轻人的邻座。

惨淡的灯光下，那三个年轻人只顾享受生活。搁以前，我对这种路边小摊是十分排斥的，总认为环境卫生差，食品质量得不到保证，在此消费的都是一些低收入人群。其实低收入人群除了收入外，其他的并不比高收入人群差，反而更容易得到满足，所以，他们比别人更容易得到快乐。而现在的我觉得，快乐是稀缺的，也是廉价的，更是无价的。我很羡慕这三个年轻人的生活。他们慢慢地剥着花生，吸着田螺，喝着小劲酒，外面的世界与他们无关，他们偶尔会抬头看一看四周，除了安静，什么也没有。能够享受安静不也是一种幸福吗？

我低声自语，这个老板真是个怪人，生意都不顾了。我说着往四周望了望，四周很静，我听到自己的自语，也听到了那三个年轻人嘴巴发出来的声音。

士多店招牌的灯很柔和，蚊子不停地围绕着招牌飞舞，有些落在了上面，像是睡着了，它们很享受这种温暖，要不了多久，它们就会被灯光的热度烤煳，也许会受不了这种热度而飞走，但很快它们又会飞回来，就像这里是它们温暖的家。

我打开鲜橙多，喝了一口，那凉爽的感觉从喉咙一下滑到了肚子里。

染黄毛的年轻人说，他妈的，阿强这几年发了。

是呀，狗日的，长了前后眼，他知道在这做生意肯定会火。另一个年轻人剪着寸头，摸着头发说，话语中含有妒意。

知道个屁，那几年也不行，生意做得不死不活，转让的牌子挂了好长时间都没有人接手，没办法，只得硬着头皮做，谁能想到后来生意这么好做呢。另一个长头发的说道。他好像在这里很久了，对阿强十分了解的样子。

黄毛说，我倒是对阿强有些好奇，就是这么小的生意也搞得红红火火，他到底是怎样做到的，不行，我也入伙。

长毛笑了，说你他妈的想得倒美，这个时候想入伙，他会要你？若是以前，生意不行那阵，你说你入伙，他铁定要你入伙，现在，你就是做梦娶媳妇。

是呀，现在人家就是坐在家里收钱，怎么会让你平白无故地来分一杯羹呢。寸头跟着说。

老子也不是白入伙，老子好好跟他说叨说叨，只要让老子入伙，我把我们厂里的人全部拉到这里消费。黄毛对入伙一事很有信心。

寸头说，别说厂里全部的人，只要有三分之一的人来这里就不得了了。

长毛甩了甩遮着眼睛的长发，坚定地说，只要有三分之一的人来，厂里开的福利社就得关门。

也不知他啥时回来。黄毛心里有点急了。

急啥子！我们就坐在这里等，他肯定会回来的。寸头手又往头上抹，把两条腿盘起了，放在了椅子上，像打坐的和尚。

今儿老子就在这里等你，就不相信逮不到你。黄毛把桌子一拍，大声说。好像是在守一个欠钱不还的人。

爱上螺蛳炒粉店的老板娘把胶凳拖过来，坐下，笑着说，现在才九点多一点，阿强不到十点是不会回来的。

长毛又甩了甩头发问，你咋知道？

老板娘反问，你说我咋知道，我在这里开店这么多年，他啥时出去啥时回来，我能不知道？你们厂里夜班是 12 点下班，我还要做这一拨人的夜宵，第二天一早还得起来做早点，我店子开得比他早，关得比他晚，他什么时间开门，什么时间关门，我清楚的很！

黄毛乜着眼睛问，老板娘，阿强的生意这么好，你挨着他怎么不也开一家？

老板娘叹了一口气，眼睛往她老公那里一递，咕噜地抱怨说，我也想呀，可是他不同意。

这让他们觉得有些纳闷了，齐声问，为啥不同意？

中年男人虽然一直在划着手机，其实也在听着这边的谈话，他冷不丁地说，发财，谁不想！这个是认命的。

中年男人的话更让他们纳闷了，又问，为啥要认命？这与认命有啥关系？

啥关系？ 2008 年金融危机，所有的行业都不景气，阿强的生意做得一塌糊涂，想转让，这个时候谁会接呀，傻呀！他把店里的东西一律低价处理，准备处理完了走人，他提前找工业区要退租，人家哪里肯呀，说签的是三年的合同，不到期想悔约，那押金是不会退的，还要问他要违约金。

老板娘摇着扇子，接着话题说，他是没办法，只好硬着头皮做下去，不承想，第二年经济形势就有了好转，他的生意也渐渐地好了起来，卖狗屎都卖得出去，那时他一个星期进一次货。

我现在对阿强更加好奇了，忍不住地问，唉，老板，你们说的这个阿强是这家店的老板吗？

黄毛不耐烦地说，你听了半天，还不知道我们说谁呀？真是……

长毛又用力甩了一下长发，说，我们就是在说阿强呀，这家士多店的老板。

老板娘看了我一眼，又说，阿强是九十年代初来的深圳，经济特区成立也十来年了，那时打工还是一件很时髦的事。当年他嫌在工厂打工受人管制，不自由，辞职不干了，从厂里出来开了这家士多店，卖武汉的鸭脖、台湾的槟榔、洽洽的瓜子，洗衣粉、洗发水之类的，全是一些小东西，几块钱的东西，一万多块钱就开起了这个店，后来还泡到了这个工业区的一个打工妹。

黄毛听了来了精神，乖乖，开个一万多块的小店就泡到了一个媳妇。

老板娘也笑了，你别看这个店子小，可毕竟是自己的，说起来也好听，当了小老板，表面上看比在厂里打工要风光一些，其实根本赚不了钱。

寸头双手又往头上一抹，头发就趴下了，手掌摸过去后，那短发像刺猬，头顶上的每一根头发又愤怒地竖了起来。寸头说，你就扯吧，赚不了钱，他开了干啥。你一会说生意好，狗屎都卖得出去，一会又说赚不了钱。

中年男人又一次抬起了头。他说，你别不信，她说的生意不好是刚开始那几年，那几年生意好做的好做，不好做的不好做。

黄毛把嘴一撇，说道，屁话，你这话等于没说。

中年男人解释道，那年月人们条件都不好，不然谁会出来打工，都听说深圳是个人傻钱多的地方，好像遍地都是黄金，来了就能捡钱，其实根本不是那么一回事，在工厂打工的哪一个不是拼了命地想多加点班，平日里省吃俭用存点钱，能不花钱就不花钱，你说生意能好做到哪里去。

寸头听了，频频点头表示认可了中年男子的观点，问道，那后来呢？

老板娘说，后来，店子生意好做了一些，比在厂里打工要强一些吧，一年一二十万是最少的，可到了 2008 年又遇到了金融危机，阿强一下子就傻掉了。老板娘压低声音说，他老婆长得还是有几分小姿色，厂里有一个黄姓的香港司机老打她的主意，阿强为此还跟那黄生打了一架，差点儿吃了官司，后来人家黄生看阿强也没有钱，没有追究他责任了，可是他老婆却跟他离婚了。

离婚了？又是三个人齐声问。

是呀，离婚了。老板娘眼神一暗。

长毛双手把垂下的头发往后一甩，摆摆头，头发自然分成了中分。黄毛问老板娘，他老婆跟香港人跑了？

老板娘说，那倒没有，人家黄生是有家有业的人，哪会要她呢。老板娘嘴都说干了，舔了嘴唇，咽了一下口水，接着说，后来两个人都不见了，当时我们还在怀疑是不是一起去香港了，再后来听说他老婆回湖南老家了，很快又嫁人了。阿强一个人支撑这个小店，苦了阿强。

三个人好像对这样的故事结局不太满意，脸上露出了失望的神情。

老板娘又说，离婚怎么说也不是一件光彩的事，特别是阿强，被人戴一顶绿帽子，还差点被抓起来，心里肯定是很不爽的。老板娘顿了顿说，后来阿强也消失了一段时间，我们以为阿强也回湖南老家了，就算不回湖南老家，也没脸待在这里了，可是让我们没有想到的是，他又回来了，胡子拉碴的，太阳穴跟腮帮子都凹陷下去，眼睛是两个深坑，整个人看起来颓废得很。

年轻人来了兴趣，抻长了脖子听，还有什么能比听到比自己更惨的人的故事更能让人开心的呢。我们静静地听她讲。阿强是在哪里跌倒就要在哪里爬起来。后来光明的发展越来越好，南光高速、龙大高速，地铁都来光明了，交通好了，车也多了，人流量也大了，做什么生意都赚钱，你就是拿块石头都能卖出好价钱。老板娘用下巴往路对面一扬，努努嘴说，喏，你看那些摆个烧烤摊的，就是烤烤鸡翅、火腿肠、土豆片，一个月也有一万多的收入。

黄毛非常吃惊，有些不相信，说，不会吧，摆个烧烤摊也能搞一万多。

这时中年男子又插话了，这个你们别不信，这些烧烤又不用交房租，也没有税收，那食材的成本又低，这人人看不上眼的生意老赚钱了，比我们赚得都多。

寸头冲黄毛一乐，说，我看你也不要找阿强入股了，干脆摆一个烧烤摊，算球！

黄毛用力地摇头，说再赚钱也不搞，老子还没有谈对象呢，摆个地摊找个屁女朋友呀。

老板娘笑了，说，你们这些年轻人就是爱面子，其实你只要有钱，哪里会愁没有女朋友呢。生意不在大小，能赚到钱就行。

我问老板娘，阿强现在过得咋样？

中年男子搭上了话，咋样，整天见不到人，你说咋样？

我不解地望着他。

中年男子说，他现在生意做得大，像他这样的士多店已开了二十多家了，整天忙着给这家店补货那家添货，忙得像一只旋转的陀螺，一天到晚都不停歇。

我问，他现在还是一个人吗？

老板娘笑着说，哪能呢，结了，几年前谈一个"鬼妹"。

"鬼妹"？黄毛喉结上下滚动，露出了猥亵的笑容。

是呀，谈了一个外国女孩，叫什么爱什么丝。

黄毛指着她家的招牌说，笑着说，爱上螺蛳。

老板娘乐了，说也差不多，反正是这么个音。老板娘接着讲，听说是在这个工业区里的客户翻译，在阿强店里买东西认识的，后来也不知咋的，两人就对上眼了，两人就拍拖、结婚，后来辞职出来，跟阿强一起负责这几十家连锁店的管理工作。

中年男子好像特别欣赏那外国女人，他提起来也赞不绝口，你别说，人家外国人的素质就是不一样，现在这强记士多店开了快三十家了，阿强是听她的逐步扩张的，听说还要给所有的店子提档升级，还要往其他行业发展呢。

黄毛啧啧嘴巴说，乖乖，一个便利店就能折腾出这个样子，还能泡到一个外国妹子。黄毛问他，你也是开店当老板，没有像人家一样大发展一下。

中年男子叹了一口气，酸溜溜地自嘲道，我是没有大志的人，但我有我的快乐，我不用操那么多心，管那么多事，没事玩玩手机打打游戏，也挺好。

老板娘听了丈夫说的话，两只眼睛在冒火，把燃烧的目光投过去，狠狠地灼了中年男子，中年男子又开始划手机。老板娘声音大起来，说，也挺好！亏你说得出口。你这人就是懒，怕累怕辛苦，轻闲是好，怎么赚得了钱？

黄毛用手捂住了嘴巴，他知道自己刚才说错话了，害得人家两口子差点吵起来。

中年男子也是久经沙场，满不在乎地说，我不是没有一个外国老婆吗，有的话，我也多开几家。三个年轻人笑着说，你胆子不小呀。老板娘翻了一个白眼，不屑地说，切！你这个鬼样子，哪个外国女人瞎了眼会看上你。

中年男子没有搭荏，又说，我一老乡，开的是柳州螺蛳粉店，人家光是在光明区就开了四十多家，每个社区一家，有的街道中心区隔百米之遥就连开两家，在广西老家里盖了别墅，一百多万的车子就买了两辆。风光是风光，但都是拿命拿身体换来的，你没有看到，三更灯火五更鸡，没有睡过一天好觉。人生也就这几十年，何必呢？

老板娘又说了一个字，切！

寸头又抹了抹头发说，想赚钱就得辛苦，我哥在家种好几亩大棚蔬菜，也是一天到晚在大棚里摸爬滚打，累是累一些，一年也能搞二三十万。寸头说得轻描淡写，仿佛挣那二三十万是一件手到擒来十分轻松的事情。

黄毛用鄙视的眼光瞪着寸头。寸头的脸憋得通红，说，咋的，你不相信。

黄毛说，我信你个鬼！种菜一年都能搞到二三十万，那你出来打工干啥，不如在家里种菜。

寸头说，你不信拉倒，我说真的，在我们山东种大棚蔬菜发财的人多的是。家家户户最低是两层楼，三四层楼多得去了，哪家不是大房子、大彩电、大冰箱、小车子。

好半天没吭声的长毛说话了，是呀，发展太快了，现在的深圳好比是一个火车头，正引领着全国各地高速发展。

黄毛没有话说了，若有所思的样子，肯定是他们的话引起了他的共鸣，想想自己身边发家致富的人还真是不少。他有些相信寸头说的话了。

中年男子说，你这话中听，经济特区成立之初，谁都不知道深圳要发展成什么样子，世界各地都不怎么看好这个昔日的小渔村，现在怎么样，就连关外也发展得这么快这么好，地铁马上就要通了，科学城的地也整备好了，听说进驻过来的都是高科技的研发机构。以后呀，我们的光明会越来越好，我们的深圳会越来越好，我们做生意的也会更好做了。

老板娘一听，好像又来气了，瞪着眼睛，提高嗓门说，更好做，啥都好做，关键是你要做呀，你也要把店面装修一下，不要一天到晚就是炒米粉炒米粉，你没发觉现在吃米粉的人越来越少了吗，现在手里都有钱了，谁不想吃好一点的。为打工仔提供更可口的饭菜，更多的选择，才能吸引人家过来消费。

中年男子又把眼睛盯在了手机上，嘴里却打起了哈哈，好好好，明儿就装修。

听了他们说了这么多，我搓搓手，把搓热了双手往脸上擦，阿强这个人的形象已出现在我面前了。听到阿强现在这个样子，我有些奇怪，他怎么可能混得这么好呢。难道真是因为娶了一个外国老婆的原因。我脑子胀胀的，许多景象在我的脑子里轮流变换，像过山车，不同时期的阿强出现在我面前。

阿强是湖南人，和他老婆以前都在我们厂做流水线工人，那时他们还没有拍拖，后来阿强跑出来单干，在工业区前租下了一间铺位，开起了一家士多店，老板店员都是他。虽说生意很小，但是毕竟生意是自己的，自己给自己打工，没有人管，进店买东西的人都得叫一声"老板"。"老板"在广东很盛行，卖个菜，修个鞋，统统被称为老板。那时节，大家都"老板""老板"的叫，把阿强叫得意气风发，赢得了厂里许多姑娘的好感，下班没事就往他店里钻，店里一天到晚叽叽喳喳地叫个不停，热闹得很。他自己不开火做饭吃，饿了就在旁边的餐馆炒一盘米粉，或是在店里拿一桶泡面，去隔壁要点白开水，一冲，呲溜几下就解决了一顿。阿强生意做得不怎么样，刚开始，他还扛得住，后来就有些吃紧了，那时他已经结婚了，也没有那么好面子了，平时在这里买东西的人会随手把喝过的饮料瓶、易提罐、硬纸皮扔下，他会走过去，捡起来，把里面的残留的水倒光，然后把易拉罐用脚踩扁，丢在一个很大的塑料袋里，知道的相信他是这家的店老板，不知道的还以为他是一个流浪的拾荒人。他把这些废品积攒下来，一个月也能卖个几十块钱。为了省下房租，他晚上也在店子里住。他在房间里搭了一个隔层，隔一层木板，上面铺上被褥就是床了。那隔层与房顶不到一米，在上面根本直不起腰。那时管得很松，后来镇变为街道后，天天有安监的、城管的过来查，严禁吃住在店里，他两口子承诺书签了好几份，等那些执法者一走他们仍然会住在店里。当然他们也知道住在这里不安全，可是又有什么办法呢，赚的钱哪里够租房呀，能省一点是一点。

我还记得金融危机那年，阿强把"旺铺转让"的牌子挂出来，他整个人也蔫了，只有有人在他店里买东西时，他才会挤出一点笑意，一笑露出一排整齐的门牙，牙缝黑漆漆的，也不知是抽烟抽的还是嚼槟榔嚼的。那时企业都不死不活的，打工的人挣不了钱，谁还会来他这里消费，大多买一些牙膏牙刷洗衣粉卫生纸之类的生活必需品，一罐王老吉、红牛都成了奢侈品。他老婆常常当着众人的面跟他吵架，骂他没有本事，只会守住一个不挣钱的店子。吵多了，也生分了，后来他老婆就往外面跑，常不着家。想到这，我心里突然震了一下。唉，都是好多年前的事了。没想到阿强竟然混得这么有出息了，一个便利店的生意竟也能做到这个程度，难怪人们常说深圳是创造奇迹的地方。

阿强到现在还没有回来，也不知道什么时间回来。我准备走了。我从钱夹里掏出钱来，对老板娘说，老板娘，我刚在店里拿了一支鲜橙多，标价是五元，我把钱给你，阿强回来了麻烦你给他。

老板娘捂着嘴笑了起来，那三个年轻人也笑了。我愣住了，不知道自己落下了什么笑柄，我全身上下并无不妥之处，裤门的拉锁也是好好的，难道脸上有什么东西。我慌乱地用手在脸上抹了一把，把钱往老板娘面前一递。老板娘摆摆手，制止了我。老板娘从椅子上站起来，指都士多店说，店门口有两个二维码，微信支付宝都可以扫，不用微信支付宝的老年人可以给现金，在两个二维码牌子的旁边有一个小纸盒，你把钱丢进去就行了。

此刻，我更加蒙圈了，站在原地发呆。长毛站起来，用手一指，大声说，看见没，门口那张桌子上放了一个盒子，你把钱放进去就行了。

我还是有些不放心，心想钱放进去万一被人拿走了怎么办。我把钱收回去，走到店门口，掏出手机对准二维码一扫，付了五元钱，这时不知从哪里传来了一个语音提示：收到进账五元。

我出来了。老板娘对我说，这位老板是从外地来的吧，现在不管是老深圳人还是新深圳人，都特别讲信义。她指着店门旁一个摄像头说，阿强的店里装有摄像头，什么人进了店，拿了什么价位的商品，都拍得一清二楚，再说了，这年头谁还会为了这点钱干赖账的事呀，可丢不起那人！

老板娘仔细地打量我，问道，你也认识阿强吧。

我点点头说，算是多年的故人了。

老板娘哦了一声，说，阿强今晚怕是被什么事给耽搁了，要不这个时间他应该回来了。老板娘看了看手机，说再过一个小时，上夜班的也要下班了，他们会来店里买东西，等他们买完东西走了，阿强才会关门。

我问，如果他回不来，这店晚上就这样开着？

她说，阿强不回来也能关门的。看着我很迷惘的样子，她解释道，阿强手机跟这边的电子门闸联了网的，他可以远程操作，在手机上点一下，关灯，关闭电源，关门，一部手机全部搞定。

我在心里感慨深圳变化太大了，深圳人的变化也太大了，大的让我有些跟不上。

我若有所思，慢慢地往回走。这时，我听到黄毛的声音，阿强，你回来了。我扭过身子一看，一辆白色的宝马 X5 停在了路边。车门打开，出来了两个人，一男一女。黄毛大声喊道，阿强，你终于回来了，等了你半天，我有大事情跟你商量。这时寸头与长毛笑了，笑得很大声。他俩同时说，我靠，真搞了一个"鬼妹"！

一个女人很镇定地模仿他们的话，也说，我靠，你们才是"鬼妹"，我现在是真正的中国人。这普通话说得非常纯正，比很多中国人说得还要标准，只是话语中带有外国人特有的腔调，不用看也知道是一个外国人说的。

我又往那边看，正好与阿强的目光对上了，我心里有些忐忑。

阿强看见我，露出了讶异的表情，他可能认出了我，但不敢肯定是我，吃惊地说，你，你……是你吗?

我的心跳得很厉害，羞愧地点了点头，说，阿强，是我，我过来想跟你说声对不起的。

阿强快步上前，握住我的手，兴奋地说，黄生，你是黄生，你真是黄生。我没有想到是你。

我盯着阿强，脑子里想象着他以前的样子。阿强比过去稍微胖了些，样子很结实，这些年过去了，并不显老，反而多了一些成熟男人特有的味道，就连那一口黑漆漆的牙齿也变白了。看到阿强的态度，我的心里不禁舒了一口气，脸也渐渐松弛下来。

黄生? 老板娘几乎高呼起来。三个年轻人马上站了起来。中年男子也把手机放进了裤袋里。他们齐刷刷地看着我们。他们不知道接下来会发生什么事，眼睛瞪得老大。老板娘张大了嘴巴，半天没有合上。阿强正若无其事地招手，Alice，这就是我以前跟你讲过的黄生。一个黄头发带有自然卷的女子走了过来，笑意盈盈地站在阿强身后。哦，原来她就是他们所说的爱什么丝——阿强的外国老婆。Alice 人很漂亮，看不出多大年龄，三十来岁吧也像，说四十岁也可以。外国女人不像中国女人，有一条清晰的年龄分界线。艾丽丝，从名字来说就知道是一个外国人，而看了那脸庞更能看出来是一个外国人。Alice 很有气质，从外表看就知道是一个精明强干的人。

Alice 热情地说，密斯黄，thank you（谢谢你）！阿强常说到你，当年是你给他上了一课，有了你，He worked with renewed vigour and determination（他才以全新的活力和决心去工作）。Alice 长着一副外国人的面孔，说着中国话，又夹杂着几句英文，听起来很别扭，要在平时我听了会笑喷的，今天我却笑不出来。

听到她也这么说，我一时有些措手不及，羞愧得很，一时哑口，半晌才低声说，I'm sorry。阿强说，千万不要这样说，没有你也没有我的今天。说真的，我要感谢你。然后他又让 Alice 从店里拿了几瓶饮料出来，给在场的每人一支。阿强笑着说，这个是我请大家的，你们可不要买单哟！我没有想到阿强会这样对待我，我睁大眼睛望着他。我看见大家都惊呆了，老板娘更是一脸的茫然。

黄毛大声说，喝！不要钱的饮料谁不喝哟。他的笑声不大，但在这个寂静的夜晚，格外响亮，像石子丢进了湖里，一波接一波地远远荡开。

这时，月亮已爬到了头顶，地面闪着银色的光。月光像决了堤的河水，树上、房子上，还有人的身上，淌得都是白银似的月光，我觉得今晚的月亮比哪天的都要亮。

吠 问

它的身体越来越僵硬，体温也开始下降，甚至可以嗅到死神的气味，那狰狞的面孔一直在它眼前晃动，一种前所未有的恐惧使它的身体颤抖起来。

它竭力保持镇定，它不能让那群家伙看出它的恐惧。凝望挤迫狭小的空间，发现它们刻意与它保持一定的距离，铁笼子里"画"了一道"杠"，它在"杠"这边，它们在"杠"那边，它们虎视眈眈地望着它，甚至还发出了"呜呜"的声音。情况比它想象的要复杂，它们有的是从外省运过来的，有几只脏兮兮的一看就知道是抓来的流浪狗。一个沙皮狗松弛的皮一层层地垂下来，肚皮一直拖到了地板上。它长这么大还没有见过长得这么丑的狗，它咧了咧嘴，露出嘲讽的笑容。沙皮狗低垂着头，可能因为长得丑而自卑吧，把身子往里挤了挤，躲在它们最边边的一个角落。还有一只秃毛狗，不知是得了什么病还是其他原因，有的地方光秃秃的，隐隐约约可以看见有一些茸茸毛刚长出来，软不拉叽的，稀稀拉拉的，看着有一种想吐的感觉。还几只看起来还有点狗样，毛看起来还是很有光泽的。它们"呜呜"地低声叫着，对它的突然侵入充满了敌意。对于它们来说它就是一个入侵者。谁愿意进来呀，再说谁又是这个笼子真正的主人呢，无非是先进来后进来而已。它当然不能示弱，一旦露出怕了的神情这帮狗崽子肯定会一拥而上，届时它将会被它们咬得体无完肤。

它眼睛不停地眨，预感有一场战斗无法避免。它小心提防着。果然不出所料，这帮狗崽子特别欺生，它只是暂时栖身于此，但是它们却容不下它。大黑率先向它发起了攻击，它一动其他的狗也跟着过来，就连那只遭人遗弃的小巧温顺的哈巴狗也趁它无力抵挡时在它的屁股上狠狠地咬了一口，若在平常它打个喷嚏也会把它吓尿。如果在一个月前，这些跳梁小丑也绝对不敢在它面前放肆的，它们在路上遇见了它也会躲得远远的，它锋利的牙齿一定会扎穿它们的喉咙。它丝毫没有退却。狭仄的空间连呼吸都困难，更别说让它转身还击，它毫不犹疑地疯了一般认准了大黑，与它正面交锋，往死里咬，对旁边的撕咬根本无暇顾及。这几天它水米未进，身上没有一点力气，但是凭借以前的历练和经验对付大黑还是绰绰有余的。一阵撕咬，大黑被咬得"汪汪"叫个不停，趴在地上不敢动弹。它耷拉着脑袋低声呜叫求饶。

　　面对再强大的对手你得豁出去，只要你不畏惧，至于能不能战胜是另外一回事，这种态度至少也会得到尊敬。它一直就是这样的。这样往往会出现奇迹，许多看似不可战胜的强大的对手也被它征服，它也是在征服与被征服的过程中强大起来的。

　　笼子里突然静了下来，狂吠全部停止，它们老老实实地缩在一起，露出惊惶的眼神。它不知所措，它知道以它目前的力量仅能把大黑咬趴，要把它们全部制服是不可能的。但是笼子却静了下来，静得诡异，气氛也不一样了，恍若末日。它转过头去，一个身穿白大褂的胖乎乎的家伙走了过来，那胖子让它不寒而栗，他浑身上下透着一股杀气。它找到了它们害怕的原因。它见了胖子气一下子也泄了，跟鸡蛋散了黄似的，没有精神，趴了下来蜷曲起身子。胖子手里拿着一根铁棍，朝笼子里一阵乱捅，他不认地方，它被捅了好几下，他硬嗤嗤地捅，那种疼痛是钻心的疼，没有谁会反抗，只能缩着身子呜咽着求饶。它知道无力抵抗，它学乖了，身子往笼子深处缩去，把身子缩得越小越好，最好能埋进它们中间去，这样被捅中的概率就小很多。大黑眼睛瞪得大大的，龇出黄黄的牙齿，对着胖子狂吠不止。它可能还窝着一肚子火呢。胖子来火了，对着大黑就是一捅，大黑咬住了铁棍，胖子使劲往后拽，拽了好几次才从大黑嘴里拽出来。胖子大声说，你个狗日的，看老子今天不宰了你！胖子又往大黑身上捅了好几下，大黑厉声嗥叫却不敢反抗，拼命往狗群里钻。胖子拿着铁棍悻了好一会才解气离开。胖子走时把铁棍往笼子上重重地敲了几下，铁笼发出"嗵嗵"响，震得它头皮发麻，铁锈像雨点一样密集地落下。笼子里又传来一阵畏惧的呜呜声，它不由自主地也跟着叫了起来。

这是一个坚不可摧毁的笼子，到处血迹斑斑，新鲜的血覆盖以前已经发暗的血迹。它试图冲出去，头拼命往外钻，栅栏的缝隙仅够它钻出半个脑袋。它拼命啃咬栅栏，栅栏上的血迹的腥味还顽强地存在着，它的舌苔已经麻木，但是那腥味仍然缠着它的舌苔不放，试图唤醒它已经退化的味蕾。它不停地啃咬栅栏，一会儿用这边的牙齿咬，一会儿扭头用那边的牙齿咬，它得让自己最坚硬的牙齿去咬它。这栅栏是钢筋焊制的，比它小腿还要细，它听到牙齿在钢筋上发出"嘎吱嘎吱"的声音，疼痛使它停了下来，它定眼去看，坚硬无比的栅栏上有它咬过的痕迹和涎水，那痕迹有牙齿磨下的印迹，这让它看到了希望。血掺和着涎水顺着嘴角汩汩地往外流，它张开嘴巴让满嘴血水流出来，它用舌头顶了顶，两颗牙齿"吧嗒"一声伴随着血水一起掉在了地板上，它用舌头舔了舔两个很深的血槽，有一点痛，牙已经没了，血槽显得很空旷，血水伴着黏稠的涎水顺着嘴角往下流。望着笼子，它发出了一阵哀鸣，它们瞪着它，它们不能理解它的悲愤和绝望。它知道刚才所做的一切都是徒劳的，但是它还是要逼迫自己这样做，哪怕有一丝希望它也试上一试，它得冲出去回到那曾经温暖的家，它得弄清楚自己到底做错了什么。它得弄个明白。

那几个家伙躲在它身后，静静地看着它，它们眼里含着笑和不屑，但是它敢肯定它们刚进来时也曾像它刚才那样抗争过，但很快它们发现想出去是不可能的了，它们就放弃了。它们现在已经拥有了逆来顺受听天由命的豁达，它们最担心的莫过于被食客相中。

中午，一个络腮胡的男人领着一大帮人过来，他们站在铁笼子旁，仔细看了好一会儿，又说了半天，最后络腮胡指了指大黑，对胖子说，就它了。大黑的眼神顿时暗淡下去，仿佛丢掉了三魂六魄，蔫不拉叽地趴在那里不动了。胖子应了一声，用铁夹套精准地夹住大黑的脖子，然后打开笼子门，把大黑往外拉。大黑梗着脖子往后退，胖子使劲往外拽，大黑爪子牢牢地抓住笼子下面的木板，指甲被磨出了血，木板上留下了几道爪痕。它们唯恐受到牵连，纷纷与大黑划清界限，挨挨挤挤地龟缩在另一边，目光惊恐呆滞地看着大黑被胖子拽走。

胖子把大黑吊在离笼子不远处的一棵榕树上，榕树垂下了许多根须，上面糊满了红褐色的血，一群苍蝇密密麻麻趴在根须上面，黑漆漆地一片。胖子舀起一瓢水往大黑嘴里灌，大黑不喝，拼命挣扎着，四肢无力的向前方伸出，想去抓什么却什么也抓不到。水"咕嘟咕嘟"往肚子里跑。胖子从旁边拿出一根棒球棒，量了一下距离，对准大黑的脑袋用力砸去，"啪"的一声，大黑发出一声惨叫，还有头骨碎裂的声音。大黑长长的血红的舌头无力地吐出来，歪在一边不动了。那舌头很刺目。嘴里流出黏稠的血水沫子。胖子用一把尖刀从大黑的喉咙扎下去，一直划到肚皮下面，五脏六腑"哗啦"

一下子掉在了地上，红褐色的血流了一地，像一条河流蜿蜒着向低处流淌。那群苍蝇呼地飞了过来。胖子手里的尖刀左一下右一下，一会把整张皮给扒了下来，只剩下光溜溜的、红得发紫的肉，那肉还冒着热气，一跳一跳的。胖子把大黑，不，准确地说是把狗肉扔在了案板上。胖子换了一把斩刀，上下翻飞，很快狗肉就卸为几块，胖子把一块块的狗肉挂在案板上的铁钩上，肉吊在上面荡起了秋千。

　　它们静静地看着，仿佛这一切都与它们无关。它夹紧尻子，极力忍着，终究没有忍住，一股黄色的小便"哧哧"地喷射出来，还冒着热气。它羞愧万分，赶紧扎下头去舔，它不能让它们看到它的胆怯，不然它们会更加瞧不起它，甚至会再次联合起来欺负它。这时，它闻到了几种混合在一起的尿骚味，它的鼻子还是蛮灵的，这尿骚味除了有它的尿味外，还有其他的尿味。它用余光轻轻地扫了一下，河北大花广东小花广西白还有哈巴狗都吓尿了，它们趴在地上不停地抖动身体，尿慢慢地从它们屁股下面渗了出来，湿漉漉地一大片。其实，真正应该害怕的是它才对，一黑二黄三花四白，很明显，大黑过后它就是食客眼里最好的狗肉了，它想下一个被相中的可能就是它了，虽然它已经老了，肉也不嫩了，但是它的黄毛像涂了一层蜡，油光光的，看上去很有品相，那光泽肯定逃脱不了那些食客的眼睛。

　　它卧在地下，轻轻闭上双眼，能预知到结局却又无能为力，不得不说这才是最无能为力的事。它不应该像它们一样听从命运的安排，脑袋快速地胡思乱想起来。

　　它记不得是哪一天了，但它依稀记得当时它们兄妹五个正躺在妈妈的怀里吃奶。这时妈妈"呜呜"地叫了起来，脖子上的毛像钢针一样竖立。它已经感觉到气氛不对了，通常是遇到了强大的敌人妈妈才是这个样子。它看见一个人双手抱住妈妈的脖子，妈妈很温顺地趴在那里，也没有发出"呜呜"的叫声了，尾巴却不停地摇摆，讨好地摇摆。这时有一双手轻轻地箍住了它的前胸，动作小心翼翼，生怕弄痛了它，它嘴里还吮着妈妈的奶头，它被轻轻一扯，"啪"的一声奶头就从它嘴里被拽掉了，它看见奶头有力地弹了回去，在妈妈的肚皮上晃动。那人硬生生地把它从妈妈的怀里抢走了，妈妈却没有做任何反抗。当时它吓坏了，不知道发生了什么事，扭动着肉乎乎的身体，不停地摇动尾巴，很欢快的样子。从此它再也没有见过妈妈和它那四个兄弟姐妹，也许它们见过，只是它们已经不认识了。

　　一个纸箱，里面放了一些旧衣服，花花绿绿的，衣服上还有一股女人的体香，睡在里面还是挺舒服的。这是它的新家。只是它觉得孤独。白天还好过一些，到了晚上就剩下它孤孤单单地待在纸箱里，它好害怕，它也哭过闹过，但无济于事，后来它不哭了，它总得在哭声中慢慢长大。主人对它还是不错的，它基本上过两三天就会吃一顿肉，但是它觉得天底下最好吃的还是妈妈的奶水，现在不可能再吃得到了，它每天都会回味，在睡梦中也会不自觉地吮动嘴巴，醒来时才现自己孤零零地待在那个纸箱里，旁边是一个冰冷的大碗，里面放有它吃剩的剩饭剩菜。

　　白天陪它玩的是一个还不会走路的小孩，也就是它的小主人，主人叫他"宝宝"。宝宝经常在大人的搀扶下步履蹒跚地走到它身边，一把拎住它的耳朵，痛得它"汪汪"叫了起来，但他仍然不肯住手，它越是发出痛苦的叫声他越是兴奋，"呀呀"地跟着叫。他逮哪抓哪，有时还拽住它的尾巴不放，他一拽住它的尾巴它就会忍不住回过头去咬他，它哪敢真咬呀，只是做做样子吓唬一下他而已，他如果被吓哭了，主人会毫不犹疑地打它，很用力地打，有时甚至用脚踢它，一脚踢得它肉乎乎的身体在地上翻滚好几个圈，然后宝宝就笑了，主人一家人都笑了，它则夹着尾巴垂着头躲到一个角落，偷偷地看着主人一家。主人一家的脾气是捉摸不透的，有时他们对它很好，会把它抱在怀里轻轻抚摸，有时会无端端冲它发脾气。它不会跟他们一样，就算主人一家无缘无故地打了它骂了它，它还是会主动摇尾谄媚，这时妈妈的概念已然模糊了，它心里只有这一家人。有一次，男主人陪女主人说着话儿，宝宝正在女主人的怀里熟睡，当时它正半蹲在男主人的脚前边，平静地望着他们，聚精会神地听着他们讲话。男主人低头瞧了瞧它，对女主人说，等阿黄长大了就杀掉吃肉。男主人说话时还舔了舔嘴唇，目光一直停留在它身上。它没有意识到这危险，在主人脚下睡着了。

　　它长得很快，也就大半年的工夫已是一条大狗了，但宝宝依旧是个小家伙，刚刚可以放手走路，走得歪歪扭扭的，随时都有可能摔倒。有时它不小心撞了他一下，他就会倒在地上，弱不禁风的样子，它丝毫没有故意撞倒小主人的意思，这样只会换来一顿痛打，它经常冥思苦想怎样才能讨小主人开心。宝宝大便时它会迫不及待地扑上去帮他清理干净，连他的屁股沟子也舔得干干净净的，每次它去吃宝宝的大便时女主人会对准它飞起一脚。她总是对它不满意，小主人抱它时，它也会去舔他的脸，它的舌头麻酥酥的，明明逗得小主人咯咯地笑了，女主人仍会找它的碴儿，拿起扫帚就往它身上抡。

它的命运也是从宝宝刚刚会走路开始转变的。

那天，宝宝从院子里跑了出来。一辆急驶而来的小车呼啸而来，他听到喇叭声丝毫不感到害怕，依然慢腾腾地往路中间挪去。它老远就看到那辆车了，拼命地叫了起来，同时迈开四肢冲了过去，它叼住了宝宝的衣服就往路边跑，当时情况真的十分紧急，它使出全身力气，它也不知是把他拖出了马路还是把他撞出了马路，他倒在马路边上大声哭了起来。它的尾巴尖擦住了车头，像被闪电击中一样，火辣辣的痛。小车"吱"的一声也刹住了，轮胎在柏油路磨出两道黑乎乎的印。司机以为轧到了人，整个人吓傻了，当他扭头看到它和小主人时不禁长出了一口气，迅速启动车一溜烟儿地跑了。

男主人和女主人听见宝宝的哭声，慌慌张张地从院子里跑出来，他俩刚才都在打麻将，已经沉入其中，完全忽视了小主人的存在。它摇着尾巴，它想主人一定会抱着它的，还会帮它抓身上的跳蚤。它错了。男主人看见宝宝倒在地上号啕大哭，怒发冲冠，一团火在他身上燃烧，他过来踢了它一脚。它哪里晓得主人会这样对待它，根本没有防备。这次他动了真气，力气下得比平时要足，黑色的皮鞋前面被它的身体顶凹下去一个小坑。它在空中翻了个才"啪"地落下来，溅起的灰尘包裹着它，它立即变成了一只灰不溜秋的狗。它发出一声惨嚎，疼痛使它爬了几次才爬了起来。它现在长得很健壮，附近的狗都不是它的对手，见了它老远就夹着尾巴逃走，也许是因为经常咬架的原因吧，它已练成了一副钢筋铁骨，但还是被他踢痛了，皮鞋踢到了它的一根肋骨，所幸脚尖往肚子下面去了一点，不然肋骨会被他踢断的。他一定以为是它把小主人扑倒的，不然他不会这么生气，他一脸怒容已经告诉了它他现在内心的真实想法。

路边站着一群人在观看，他们只知道主人在打一条狗而已，却不知道主人为什么会这样对待一条狗。他们一副事不关己看热闹的样子，没有上前劝解的意思，有的还发出了笑声。它夹着尾巴向院子里跑去，边跑边发出悲惨的叫声。女主人恨得咬牙切齿，面容狰狞，她捋起袖子，想打它却不知怎么下手，她发现墙边有一把扫帚，拿起来追打它，它赶紧躲到椅子下面，她把扫帚倒过来，用把儿往它身上捅，它向另一把椅子底钻去。她又追了过来，嘴里不停地骂着。它又往另一把椅子底躲去。男主人过来了，身后还跟着隔壁的吴妈，一副风尘仆仆的样子。他一把拉住了女主人，他说刚才是大黄救了宝宝。她脸上露出不解的神情。吴妈连笔划带说，宝宝一个人晃晃悠悠往路中间走，有一辆小汽车飞奔而来，她想去抱已经来不及了，是大黄冲过去把你家宝宝拖到路边的。吴妈看了一眼麻将桌，把男主人女主人狠狠地说了一通。

女主人怔住了。这是她万万没有想到的。她无力地丢下扫帚，蹲下来唤它出来，它趴在椅子下面不敢动，它现在特害怕那扫帚把儿和那双黑色的皮鞋。

院子里热闹起来，都没有心思再打麻将了，大家七嘴八舌地说着。他们都在为它说话，它趴在椅子下面委屈地小声叫着。

晚上，男主人递给它一块没有啃的骨头，上面有很多肉，它小心翼翼地走了过去，叼起骨头躲在门边啃了起来。男主人又挟来一块很肥的肉丢在它嘴边，然后蹲了下来，它想逃走，可是男主人的手已经摸到了它的头，他一遍又一遍地摸，像是给它梳头，很舒服的感觉。他应该没有生它的气了，不然他不会抚摸它的头。它不管这些了，低头狼吞虎咽起来。女主人说，以后啊，我们要把大黄当恩人一样供起来，听见没有？小主人当然不知道什么意思，这话明显是说给男主人听的，男主人一边摸着它的头一边对它说，是呀，你就是我们一家的恩人。也就是从这天起它改名字了，它不叫大黄，女主人叫它"贝贝"。小主人叫"宝宝"，它叫"贝贝"，好似两兄弟。

其实它很清楚自己的身份，从来没有非分之想，它也不敢居功自傲，它一直都能认清和摆正自己的位置。狗就是狗，它不可能跟人平等，它只想在这个家填饱肚子就行。主人一家对它真的很好，好到什么地步呢，就差没让它跟他们一起在桌子上吃饭了。宝宝还是像以前那个样子，对它时好时坏的，它也搞不明白怎么回事，按理说他也该懂事了，论年龄他比它还大呢。

它在这里安逸地生活着，它感觉到它的日子越过越好了，主人一家上街走亲戚也会带着它。大家都知道它叫"贝贝"，"宝宝""贝贝"地叫，一叫它就不好意思地扭着头，欢快地摇起了尾巴。

宝宝上学了，每天上学都是它替他背书包，他书包很轻，里面装的全是吃的东西。每天陪宝宝走在上学的路上，很多人都好奇地盯着它，有的还用手机给它拍照。其实它不仅可以帮小主人背书包，它也是女主人的好帮手，她上街买菜，会把菜篮放在它嘴里叼着。这样一来，它就显得与其他的狗格格不入，它们是一条普普通通的狗，而它则是一条非同寻常的狗，后来它被人拍了一张相片登在了报纸上，它俨然一个"大明星"，报纸电视都盯上了它，拍了好多它背书包和叼菜篮的镜头，当然里面也提到过它在车轮下救小主人的事迹。有人说它是"英雄"，有人说它是有灵气的狗，总之人们见到它时都会投来和暖的目光。

它开始过着锦衣玉食的生活。女主人经常给它洗澡，还会往它身上喷香水，喷得它直流眼泪，不停地打喷嚏。每次出去都有一些母狗向它献殷勤，主动翘起了尾巴。每当这时，主人就会把它强行拉走，主人不允许它到处留情。女主人还为它置办了好几件衣服，衣服会随着季节的变化而变换，女主人定期会带它去医院里打针，也会给它设计一些奇奇怪怪的发型，每次从路上走时都会引来众人惊羡的目光。

曾经的辉煌终究抵挡不了时间的流淌，总有那么一天它会被世人遗忘，只剩下平淡无奇的日子。不知不觉地它已经在这里待了多少个春秋，它不知道，但它知道宝宝已经上小学了，他也不再需要它送他了。他的小书包成了它的玩物，他不在家的时候它就咬着玩，书包上有小主人的味道，它喜欢这味道，仿佛小主人在它身边陪伴。只有宝宝在家里才会抱着它骑着它，这也是它最快乐的时光。

它舔了舔嘴巴，大黑的毛还有几根在它嘴上，它把大黑的毛吞进了肚子，恍惚间它又回到了主人身边。

也就是一个多月前，它陪着主人一家出去。外面的空气真是好呀，人也多。女主人怕它咬着人，给它套着一个喇叭状的圈圈，别提多别扭了，它用爪子抓了半天也没有抓掉。它看见一棵凤凰树，那树干光溜溜地很好看，它赶紧奔了过去，抬起右腿对着树撒了一泡尿。它是非常讲究卫生的，这也要归功于主人一家长期训练的结果，以前它也是随地大小便的，被主人教训过几次后它就知道那里不是大小便的地方。它用后腿刨了几下地面，半蹲着，翘起了尾巴。

突然一只高大威猛的藏獒出现在它的视线里，它惊讶地站住了，然后快速钻到了男主人的腿缝里。它不认识，以前也没有见过，倘若是普通陌生的狗倒也罢了，但是它是狗中之王，浑身上下都露出一股不可一世的霸气，在它面前，它什么都不是了，听说它值好几百万元呢，可以买好几栋楼。它只是一只普普通通的土狗。藏獒壮实得像一头小牛，以前它以为自己个子大，在它面前就显得袖珍多了，它得找个地儿躲躲，这个大家伙发起火来比男主人厉害得多，它一口可以咬破它的肚皮，一爪子可以把它拍晕。

小主人却不知深浅，把藏獒当成了一般的狗，甚至以为是自己家的大黄，他竟然伸开双手向藏獒扑去，根本没有意识到危险正在一步步向他靠近。男主人想去制止已来不及了。女主人大声叫着"宝宝回来"。藏獒嗷地扑了过来，把小主人扑倒在地，男主人和女主人吓傻了，手足无措地站在那里。这个时候它是不能躲的，即便是肚皮被它撕破也得冲上前去。它一个跳跃窜过去，身子飙到藏獒和小主人之间，它冲着藏獒大声叫着。按照惯例它们应该相互嗅嗅鼻子打个招呼的，但此时的它惊恐万分，吓得浑身颤抖，它盯着藏獒，竖起脖子上的毛，这样看起来高大一些。它得为自己壮胆，不能在气势上输了。藏獒根本没有把它放在眼里，依旧高昂着头。

藏獒继续往前走，它却是不能退了，小主人在它的身后躺着呢。它龇着嘴，尖利的牙齿露了出来，一副拼个鱼死网破的架势。它仰起脖子发出一声嗥叫，毫不犹疑地向藏獒扑去。藏獒没有想到它会主动发起攻击。它趁藏獒大意的空当，瞅准时机，一口向藏獒咬去，可是女主人给它套在脖子上的那个圈圈阻挡了它的嘴，它的嘴根本没办法挨到藏獒就被扑翻在地了。藏獒的牙齿像钉子一样插进它的皮肉，咬住后不松口，还不停地甩头撕咬，它立马就皮开肉绽了，如果换着别的狗一定会夹着尾巴嗷嗷求饶。它不会。就算被它咬死，它也要让它见识到它的血性，不管你是谁也休想去碰它的主人。它的肚皮被撕破了，一小段肠子流了出来。它倒在地上无力反抗，伸长脖子四顾求援。那套在它脖子上的圈圈已被藏獒咬破了，从圈圈的破处它突然看见主人一家三口站在不远处看着它。

藏獒的主人赶了过来，他抓住了藏獒脖子上的铁链才制止住藏獒。它已经奄奄一息了，瘫痪在地上一动不动，血汩汩地流着，它不停地用舌头舔着伤口。

男主人走了过来，但并没有理会它，而是跟藏獒主人吵了起来，几近咆哮，差点就动了手。它流出了浑浊的泪。他们声音很大，它却听不清楚，它看见藏獒主人甩给了男主人厚厚的一沓钱，男主人的表情突然转怒为喜了。

它血流了一地，地红了，黄色的毛也染红了，主人一家人怕脏，远远地站着。女主人打电话叫来了一辆车，一个穿白大褂的人把它抱上了车，这个穿白大褂的人跟那个胖子不一样，虽然白大褂上面都有狗的血迹，虽然它的耳朵已听不清了，但它的嗅觉还是十分敏锐的，它嗅出来了。他给它打了麻药，帮它止血，帮它处理伤口。也不知过了多久，它才醒了过来。它身上还有强烈的疼痛感。它奇迹般地活了下来。它知道这一次大伤元气，再也无法恢复到以前的状态了。也许是因为这次受伤，也许是它老了的缘故。它的头会经常一阵阵眩晕，身上也会莫名疼痛起来。

它又回到了主人家。它脑子有些糊涂，经常不分场合大小便，以前可不是这样，女主人教训它很多次了，可是它仍旧记不住。那天它又把大便屙在了饭厅的地板上，女主人发了好大的火。它一直盯着女主人。女主人和男主人吵了起来，吵完后男主人气呼呼地把它连窝一起搬到了阳台上，还给它脖子上系上了一条铁链子。其实铁链子对它来说毫无用处，它不愿意动了，它累了。女主人很少来看它了，她偶尔会给它送来一些吃的，瞥都不瞥它一眼，还噘起了鼻孔，一脸的嫌弃和厌恶。他们都嫌它身边散发出的气味，他们却不给它洗澡。它越来越臭了，它自己也能闻到。

男主人又把它连同纸箱一起搬到楼顶上，上面仅用一块木板遮掩。它曾试图往家里跑，兴许它还能闻出家的方向，但那可恶的铁链却牢牢地把它扯住，它往前一走勒得脖子的铁链就会发出"哗啦"的声响。它放弃了。

它有些郁郁不乐。可男主人一到楼顶，它远远望去就会站起来摇头摆尾，兴奋地迎接。有时他两天过来一下，有时三五天才来，他隔得远远的，把手里食物往它窝前一丢就走。它再也没有见过小主人了，他现在怎么样了，可能已经把它忘掉了，或许又有了新的宠物。

那是一个阳光明媚的上午，它躲在窝里睡觉，男主人带了一个陌生人过来看它，它不知怎的就毛骨悚然，发疯似地冲着那个陌生人狂叫不停。他们站在一边窃窃私语了好一阵，像是怕它听见，其实大可不必这样，它的耳朵已经听不清了。男主人把它抱了起来，男主人好久没有这么抱它了，它看男主人皱起了眉头。男主人跟那陌生人说，他妈的，好骚臭呀！它知道他在骂它，女主人好久没有给它洗澡了，有时它会在自己屙的尿里洗澡，用舌头梳理自己的毛发。男主人把它丢进了一个铁笼子里。对于搬家它已经习以为常了，当它凝视这铁笼时，一种不祥的预感在它身上漫延，等它反应过来为时已晚，笼子被牢牢锁住了，它拼命地叫个不停，它无比悲愤地问主人为什么会这样，声音在它耳膜间鼓荡，男主人没有回答，看也不看它一眼，从那陌生人手里接过一沓钱，留给它一个背影，一瞬间就消失得无影无踪。

它记得它到了好几个地方，中途好像还换了几次车。它是今天早上才遇上这群可恶的家伙。这一切都飞快地在它脑子里闪过。它思来想去，总觉得自己没有做错什么呀，为什么主人把它丢进铁笼子里。它的眼角湿润了，泪水流到了嘴边，它伸出舌头去舔，它的味蕾好像一下子恢复了正常的功能，那泪水苦涩得很。应该是它这辈子吃到最苦的东西了。

同病相怜吧。当它小心翼翼地蜷缩在它们一起时，它们竟然没有再像早上那样排斥。和它们挤在一起好暖和呀。它又想到了它那个温暖的纸箱和垫在箱子里面那柔和的衣物，还有女主人留下的体香。但它不敢睡着。在这个陌生的地方处处都隐藏着危险，它们像张牙舞爪的魔鬼随时都有可能发动袭击，就连刮来一阵风或是传来其他轻微的声响，它都会立刻惊醒。它身体疲乏不堪，但是它仍然没有绝望，它一定要想办法逃出去，它不想变成那些食客的饕餮盛宴。它得逃出去找它的主人。它相信这里面一定有什么误会。它不想这辈子有什么缺憾而走。

已是黄昏，路灯一下子就亮了，跟白天好像没有区别，只是路上的人多了起来。人们开始在路边走动，这里到处弥漫着炒菜的热气和呛人的辣椒味，店子里的人开始忙碌起来，一盆盆的洗菜脏水向路边倾倒，有些食客已坐在这里喝茶了。

它看见案板上方吊着的肉已没有多少了，不时会有人走到笼里边去看，它假装睡着了，这样就不会引起人们的注意了。它整个身子蜷缩一团，和它们挨在一起，虽然它打心眼里瞧不起这群家伙，但它必须把自己隐藏在它们中间。它双眼紧闭，其实它根本没有睡着，浑身疼痛难忍。这时它和它们一样受着同样的煎熬。

　　黑暗中，它听见一个陌生的声音在问胖子，没有黑狗了。胖子说没有了，中午宰了一条现在肉已卖完了。那人很无奈地说，那就这条黄狗吧。它知道他说的是它。它睁开眼睛，那家伙伸出舌头舔了舔嘴唇，喉结处滚动了一下，把嘴里的口水咽了下去。这时胖子已经把绳子套在了它的脖子上，它惊恐地睁开眼睛，发出了绝望的号叫声。

　　胖子把它拖出了笼子，把绳子往树丫上一搭，一拉，它整个身子被拉了起来，它拼命弹腿却怎么也够不着地，它撇了一下脱落门牙的嘴，呼吸越来越困难，天空乌蒙蒙的，像是要压下来。它的瞳孔也放大了，仿佛看见自己飞快地奔跑着，后面跟着主人一家，男主人跑在前面，黑色的皮鞋还是那么引人注目，女主人跟在小主人的后面叫着"宝宝""贝贝"，小主人挥舞着双手向它奔来，边跑边大声喊着"贝贝""贝贝"，它想应一声却怎么也叫不出来。

同学会

　　那天也不知是谁把他拉进了一个微信群，里面有几个熟悉的名字，更多的是一些奇奇怪怪的名字，什么"金陵十三少""追风少年""布衣小侯爷""白菜公主"呀，像是华山论剑的大侠们开了一个 Party，微信头像有真人卖萌的，有耍帅的，还有的是明星照、卡通画、风景图，看上去怪怪的，把屏幕往上一拉，一看聊的信息才知道这些奇奇怪怪的大侠们明星们都是他高中时的同学。

　　这几年流行建ＱＱ群、微信群，有的是工作交流用的，有的是联络感情用的，很明显，这个同学微信群就是联络感情用的。高中毕业后，同学们天各一方，有读大学的，有经商的，有参加工作的，有回家务农的，生活工作在同一座城市里的多多少少还有点儿联系，去其他省市的，关系好的刚开始还打个电话问候一下，后来电话也不打了，渐渐没有了联系，甚至已经忘记了，只有在过年的时候才会群发一个祝福短信。微信群真是个好东西，把大家一拉进来，大家又再一次走到了一起，聊以前的事情，聊谁谁喜欢谁谁，聊谁谁春风得意马蹄疾，聊谁谁当了老板腰缠万贯。再热闹的群也有疲劳的时候，一安静下来就会有人发一个红包，群里立马叽叽喳喳热闹起来，有时是发一个一分钱的红包，大家也抢得不亦乐乎。他一直在潜水，有人发红包他也不去抢，有时有同学在群里"艾特"了他，他也假装没看见，他不喜欢当着那么多人聊天，他觉得聊天应该是一件很私密的事情，不适宜在众人面前大呼小叫的，特别是聊自己跟他人没有半毛钱关系的私生活，在单位工作群里他也很少在群里发表意见，他老是担心在群里说错什么话，得罪了人不说，或是让领导揪住辫子上纲上线就麻烦大了。这是他的性格。这么多年了，他一直这么小心翼翼地活着。

那天群里嚷着说年底搞一个同学会，众人响应，有人要赞助烟呀，有人要赞助酒呀，有人赞助水果点心呀，李胖子赞助了十间总统套房，群里又炸了锅，说李胖子是雪中送炭，明看是赞助客房暗地里却是在赞助女朋友，谁谁要把握这次机会再续前缘，这次同学会的目的就是要把当年没成的撮合几桩，这样一说就让当年有那么一点意思的同学心里痒痒的，都有冲破道德藩篱的冲动。有同学在群里点到了他和她，她则在群里发了一个调皮的表情，他仍然没有说话，好像他从人间蒸发了，任凭同学拼命呼喊却得不到他的回应。

　　她单独联系了他。她问他，春节回不回来。他说到时看情况吧。这句话说后他就后悔了，既然是她主动联系了他，里面暧昧的味道就溢出来了，他竟然傻乎乎地没有回过味来，还说了一句模棱两可的话，这不是人家热情洋溢地把笑脸贴过来他"啪啪"地扇人家的脸嘛。话说出来了就不可能再吞回去，他也不想再解释什么，他怕越描越黑他怕解释越糟，之后他还是那个样子，在群里潜伏。腊月初她又问过他一次，这次他给了明确的答复，他说回来。语气是肯定的，不容置疑的。她说这就放心了。她好像很高兴，他听出来了，她高兴的样子从听筒里传到他的耳朵里，又从耳朵里转换为图像。他回不回来与她有什么关系呢？要说有关系那也只是同学关系，以前的往事早已随风逝去只是没有把那些记忆刮走而已，纯粹的同学关系纯粹的同学聚会而已，就算他现在对她还有那么一丁点想法也只是想法，停留在思想上，要转化为行动他心里还是很紧张的，怎么说也是有家庭的人，她说他回来她就放心了，这么一说他心里七上八下的，也许她就是这么随口一说，可是他心里那一丁点想法开始往外冒，他总感觉有事情要发生，或是圆了这一夙愿驱使着他去干一件大事。

　　其实说回家他心里还是没有底的，回家不是他一个人的事，老婆孩子都不愿意回去，说已不能适应那种干冷的天气，加上火车票也不好买，买飞机票吧，老婆一直嫌贵，这次他决定回去，就算老婆不回去他也要回去一次，也许就是那一丁点想法给了他这么坚定的信念吧。这段时间他老是胡思乱想，同学会上他是怎样的形式与她见面，他经常会幻想同学会后他们是怎样怎样离开，版本有很多，但最后都会回到点子上，就是理所当然地开了房，理所当然地上了床，他沉溺在他那庸俗的思想里，这种胡思乱想让他浑身悸动。他这一辈子就这么老老实实地规规矩矩地生活着，再不疯狂就真的老了，他想在自己还不算太老、生理功能尚且勉强可以应付的情况下疯狂一下。他不想给自己的一生划上一个不太圆满、遗憾追悔的句号。

　　一家三口的往返机票花了八千多，着实让他心痛了好久。他不敢告诉老婆，老婆知道了肯定会跟他吵上一架，然后分床睡，然后几天不理他，老婆惩罚他的手段和方式很简单，就是不理他分床睡，搞来搞去就那么几招，一点新意都没有，往往事情还没发生他已经想到了将要面对的结果，好在他在那方面的需求不像年轻时那么强烈，一周过上一两次，有时勉勉强强应付一下，好在这事对于老婆来说是可有可无的，什么时候她都是一副心不在焉的样子。上次单位组织体检时，他被检查出双肾结石，医生建议他最好把结石碎掉，他没有接受医生的建议，倒不是心疼钱，社保可以报销一大部分，他是觉无所谓没有必要，他说，不就是长几颗结石嘛，像我这个年龄有没有肾也无所谓了。医生笑了。医生也是四十好几的人了，深有感触，挺认同他的观念。老婆分床睡就分床睡吧，不理就不理呗，没有什么大不了的，又不像吃饭一顿不吃都饿得不行，四十几的男人在这方面确实不像年轻时那么黏糊了。但吵架闹别扭总归是不好的，特别是两口子回家过个年也过得别别扭扭的，让人看出来了也不好。钱是花了，他得找一个让老婆接受的理由，他是这么向老婆解释的，他说他不会网上抢票，就让一个老板帮他抢，抢到机票后他要给老板钱，人家老板根本不把这点钱当一回事，坚决不要。这个解释倒是合情合理，老婆没有理由不相信，没有花钱却弄来了一家人的往返机票，老婆很高兴，嘴上却说这可不行哟，八千多块可不是一个小数目。他说，我给了他几次，硬是往他兜里塞，他硬是不要，都跟我急眼了，说我瞧不起他，你说让我怎么办？老婆想了想，说，这样的话，那我们从老家过来时给他带十斤芝麻油，再带一点腊鱼腊肉，这些东西虽不值钱，但是这些东西在深圳花多少钱也买不到的，也是我们的一份心意。他一口答应。

同学会订在李胖子的酒店，采取 AA 制，还订了十个房间，你别说，这些组织活动的老同学考虑问题还是比较到位的，同学聚会嘛，总会有那么几个喝大的，到时就不用往家里扶了。李胖子把大厅装扮得像结婚庆典似的，一派喜庆，过年嘛，同学集会嘛，总得搞得像那么一回事。

这几年同学们都有很大的变化，男同学都发福了，有的头发也提前下岗了，来的女同学都是那些在校时的活跃分子，也有几个平时很内向的女同学也来了，已为人妇的她们好像也放得开了，一个个都是浓妆艳抹盛装出席。最显眼的当然要属李胖子，李胖子还是当年那么胖，但是却又不似当年的胖，那时的胖是饱满的充满张力的，现在的胖有些虚肿，他觉得用"肥"字更贴切一些。胖的人脸上就没有皱，李胖子看起来就不显老，好像在学校时是那个样子到现在还是那个样子。他看了看李胖子的肚子，他把肚子往里收了收，虽然没有人关注到他的肚子，但是他还是收了收肚子，这样一来，他感觉整个人都挺拔了。李胖子显眼的地方不是他不显老，而是他说话的语气，典型暴发户的口气，肥肥的中指无名指上戴着两个硕大的金戒指，粗粗的脖子上挂着一条很粗的金项链，咄咄逼人的样子，好像地球上就他最有钱了。当然班长庞特也不甘落后，那一身笔挺的制服时时处处露出不一样的霸气，大冷的天他还解开上衣纽扣，那把七七式手枪格外扎眼，班长就是班长，当年考上了省公安高等专科学校，大学一毕业就分到了县公安局工作，现在已是公安局刑警大队长了，在老家绝对是实力派人物。几个事业小有成就的男同学说话也咋咋呼呼的，扯着嗓门说话，唯恐谁听不见似的，一开口都是几千万上亿的项目，把那些女同学听得一愣一愣的。

　　他一眼就看到了她，嘴里差一点发出惊讶的喊声，她还是学校时的样子，像吃了防腐剂，这一点出乎他的意料，她似乎比以前还要漂亮，丰盈了许多，明显有一股成熟少妇的味道。她把自己拾掇得相当得体，看来她也精心打扮了一番，外裹一件鲜红的呢绒外套，像新娘子一样，里面穿着白色带小花的衬衣，下穿酱红色的包臀短裙、肉色裤袜和细高跟黑皮鞋，嘴唇涂有颜色很浅的唇膏，在灯光下闪着光。她这身穿着打扮是很得体的。这打扮就是放在北上广深也是很时尚的。她也看到他了，她只是盯着他看，也没有说话，就这么盯着，他不好意思起来，站在原地不动，两人的目光穿过人群对视了一下，算是打招呼了。当年她可是班花，人长得好看说话声音也好听，在学校时不知迷倒了多少男生，那时的她不知得了什么魔怔，疯狂地迷上了爱写诗的他，最终他的诗歌没能打动她的父母，她母亲立即跟老师说了，并且到学校找到他，要他以后不要缠着她女儿。他只是一个普通的农家子弟，他有自知之明，虽然有吃天鹅肉的想法却没有飞上天的资本，他很识相地离开了她，毕业后就再也没有联系。后来他们很快都各自组织了家庭，不知什么原因她结婚后不久就离婚了。离婚后的她更会打扮了，比在学校里还有气质了，把李胖子、庞特迷得神魂颠倒的，听说李胖子和庞特都曾打过她的主意，她不想做别人的情人，她要做就做终生的伴侣，这样就吓住了他们，他们也舍弃不了现在的家庭。关系就这么个样子了，不可能发展到更深的地步，他们只是偶尔约出来吃个饭聊个天什么的，过年过节也会送束花、送件衣服，她都一一接收了，但他们想更深地迈进一步却被她拒绝了。虽然她已是过来人，按理说不应该如此矜持，不应该如此保守，但也正是因为她是过来人，才不会像那些不谙世事的小姑娘一样为一束花、一件衣服、一场电影这样的小恩小惠或是浪漫场景冲昏头脑，激动地随随便便地把自己交给别人，她还不至于这样作践自己，关系好归好，但没有好到那个地步。后来他们就没有耐心了，开始寻找下一个目标，她也知道李胖子和庞特的为人，她不可能成为他们唯一的目标，他们眼里也不可能只有她。她在犹豫什么，她在等谁呢？他们都说她在等他，他也这么认为。想到这些，他心里舒坦极了，就连在睡梦中想到这些也会笑醒。换着别人还不是跟他一样，他认为。

　　还是她主动迈开了步子，她挤过了人群，一步一步向他走来，眼睛一直盯着他，满脸是含蓄的优雅的微笑。显然，她的微笑很有针对性，不在千里之外，不在咫尺天涯，像定位导弹一样落在他一个人身上。她举着杯子深情款款地往他这边走来，越来越近，仿佛能听到她心跳的声音。她走到他身边，举起杯子跟他碰了一下，两只杯子发出一声清脆的声响，她轻声说，cheers，一仰脖子，杯子里的酒就进去了。看了她喝酒的样子他很是担心，他关心地说，你少喝点。她丝毫不理会，又往杯子里倒酒，又跟他碰杯，一碰她就喝完了，然后盯着他看，有逼着他喝完的意思。他还非喝不可了，他怎么能认怂呢？再说这么多人看着呢。

　　怎么说李胖子他们会办事呢？吃饭时他和她被安排坐在一起。同学就是同学，既然做不成红颜知己，那就要发扬风格成全他人。他当然得绅士一些，他频频为她搛菜，她也把她认为他喜欢吃的菜送到他碗里，你来我往的，全然不顾这么多双眼睛，她每次搛菜时会把筷子放在嘴里舔干净，然后再给他搛菜，公筷就放在那里呢，她和他都是用自己的筷子送菜，这就不一般了，只有夫妻或是自己特别亲的人才会有如此亲昵的举动，如果关系达不到这一步谁会这样呢？至少他是这么认为的。李胖子是土豪金的苹果手机，像素高，一掏出来就闪人眼睛，他"啪啪"偷拍了几张照片发到了群里，大家一看，是他和她在对视交谈，是他或她在为她或他送菜，同学们立即在咋呼起来，群里不是发一个表情就是回复一句"夫妻相"，他被弄得不好意思了，整张脸涨得通红，她根本不在乎，还目不转睛地盯着他看。大家兴致更高了，一个劲地喊"在一起""亲一个"。他不敢像她那样看人，其实他一直也在注视着她，只是没有她那么大胆炽热，眼光是忽左忽右的、三心二意的、轻描淡写的、漫不经心的，当然这样的假象岂可瞒得了旁观者的眼睛。她倒并不在乎同学的玩笑，比他从容得多镇静得多，像是见过大场面的人，她平淡地说他，你还在深圳这样的大城市，还不如咱们这些小地方的人嘞，不就是拍几张照嘛，说我俩有夫妻相嘛，有什么大不了的，当年若不是我妈反对说不准我俩还真成了嘞。说完她假装要亲他，吓得他身子直往后退，她肆无忌惮地笑了，他搔搔头也笑了。同学们都笑了，他脸愈发红了。

庞特举起红酒杯，依然像在学校一样喜欢卖弄文采，说，说得对，东风恶，欢情薄，一怀愁绪，几年离索。错！错！错！还是李胖子实在，说话跟他的身形一样实打实，李胖子接着说，不整那些没用的，没事开开同学会，拆散一对是一对。同学们顿时兴奋起来，一阵欢呼，好像一个个都想搞一次"家庭起义"，把家庭的枷锁砸碎。同学们都举起了杯，她也举起了杯，既然她都举了他还有什么可犹疑的，他顿时觉得同学会就是为他和她办的，心情有些激动，他将杯中的红酒一饮而尽。而这次她却没有，轻轻地摇动杯中的酒，酒在杯中转动着，杯壁变成了酱红色，高脚杯倒过来很像她穿的包臀裙，酱红色泡沫慢慢从杯壁上滑落，酒杯很快又恢复了透明的状态，她慢慢地呷了一口，很内行地细细品尝，鲜红的舌头舔了舔嘴唇。他觉得她饮酒的姿势也是那么优雅。

李胖子不答应了，说大家都喝完了，你怎么能不喝完呢？没开席前我看见你俩喝酒了，跟我们却不喝了，你什么意思呀。李胖子说老同学你区别对待可不行。同学们都跟着说她区别对待。其实也有几个同学没有喝完，谁也没有较真，大家都盯着他俩呢，谁让他和她是今天的主角呢！她也不解释，只是浅浅一笑，露出一排洁白的牙齿。他颇有护花之意，身子一挺说，我替她喝了。她没有让他代喝，白了李胖子一眼，说喝就喝，谁怕唯呀，说完将杯中的酒倒进嘴里。他急忙递去纸巾，他这个举动又引来同学们的"啧"声一片。

同学们相互敬酒，先是敬庞特，然后是李胖子，再就是敬他了，敬到他时则是把他和她拉在一起敬的，像是敬两公婆必须一起喝。看得出她很兴奋，几乎是来者不拒，一碰酒杯就空了。同学们闹得正"嗨"时，她碰了碰他，然后从包里拿出一包纸巾站了起来，他以为她要上洗手间无意中碰到了他，谁知她在门口又给他打了一个手势才出去。过了一会儿，他掏出手机假装接电话，这时她的电话就真的打来了，他借着打电话悄悄地溜出了房间。

他俩来到了酒店外的露天花园里，选择一个僻静的地方坐下。很快，一个年轻的侍应生过来问他们喝点什么，他看着她，她说随便，他说随便，那侍应生很快就倒来了两杯绿茶。

他笑着说，李胖子可以呀，这酒店的服务还是很到位的。

　　她也笑了，说，李胖子以前在你们深圳一家五星级酒店当过大堂经理，回来就开了这家酒店，营销模式都是照搬深圳的。

　　他说，李胖子以前就在深圳光明，离我工作的地方不远，那年他们酒店的生意不好，我约过他几次，他都不肯出来，后来就失去了联系。再接到他电话时他已当上了老板了。

　　她说，他是挺能折腾的，听说他在深圳做了好多生意，合法的违法的都干过，后来就突然发达了，像中了彩票一样，回来就开了这家酒店。再后来听说跟他老婆闹离婚，闹了好久才离成。说到这里，她突然声音低了，头也低了下来，长发垂下来瀑布一样好看。

　　他说，离婚何尝不是一件好事呢。

　　她没有说话，耷拉下眼皮，瞄他一眼，那眼神有些忧伤，停了半晌，她长吁了一口气。

　　经过很长很长的一段沉默。

　　她离婚好多年了，他是知道的，同学们都知道的。他只是安慰她，话出口后他就发觉失言了，他像犯了错的孩子，一副无奈的样子，抻长脖子说，不好意思，我是不是说错话了。

　　她抬起头，甩了一下头发，笑着说，没有，你说得对呀，离婚何尝不是一件好事呢？

　　他不知说什么好，就这样面对面地坐着，又是很长很长的一段沉默，气氛有些尴尬。她双手捧着茶杯，像是在取暖。他盯着她的手。她白皙的手，细细的手指，指甲晶莹剔透，泛着光。当初牵着她的手在校园里散步，那手，葱白一样嫩，现在看来没有丝毫改变，甚至比年轻时更好看。

过了好一会儿，她仰起头，眼睛星星似的冲着他眨呀眨，说，出去走走吧，我带你四处转转，看看老家有没有什么变化。她又说，虽说没有你们深圳繁华，但小城有小城的安逸。

他怕自己再说错话，只是点了点头。他和她并肩走着，李胖子的酒店已被甩在了身后，酒店的霓虹灯依然跟在他们身边，好像他们一直都没有走远。他听到她高跟鞋发出"笃笃笃"的声音。他俩就这样慢慢地走着，没有说话，他觉得这样挺好，其实就这么走着，不用说话，这些年虽说联系少，但是相互的情况还是比较关注的，不用当面问也可以从其他渠道了解到一些。北风轻轻刮着，路边垂下来的柳枝随风摆动，不知不觉中他们走到了鲤鱼桥水库旁，这里远离城市中心，环境很优美，他们沿着情侣路走着，她时不时地抚摸一下水库的护栏。她打破了沉默，轻声说，我感觉自己好像又回到了从前，回到我们年少时的那段日子。

这里曾是他最向往的地方。他想起了以前的事，他俩曾经经常到这里散步，谈学习谈理想谈现在谈未来。那时这里还没有种上这些杨柳树，路也是一条土路，他们下自习后或周末就过来走走，那时水库里常有野鸭飞起来，姿势优美地掠过水面，眨眼间就不知道飞到哪里了。

堤边拍拖的很多，不时会有一对情侣卿卿我我地从他们身边走过，也有一对对情侣旁若无人地热吻，从旁边经过时他还不怀好意地紧紧盯着。她用手指狠狠戳了一下他。他心里沸腾起来。又沉寂下来。

不知什么时候下起了雪，雪籽噼里啪啦地砸下来，打在脸上像轻轻的电击，他感到冰冷的爽意。他们沿着来时的路往回走，他很自然地牵起她的手，像当年牵着她的手一样。他想去李胖子的酒店。她说那里好闹。他想想也是，那里确实太嘈杂，说话得扯着嗓门。她又说，你送我回我家吧。他犹豫了。她嘟着嘴说，我喝这么多酒，再回酒店你放心我，你不怕李胖子他们把我吃掉？她左右来回摆着他的手说，送我回去好不好嘛。她撒娇的样子好美。

路上很少能看到行人，好像只有他俩，他俩一直手牵着手，如同一对恩爱的夫妻。回到家，她就把他丢在一边不顾了，急忙往洗手间里冲。他打量这套房子，白色的墙壁，没有任何装饰，茶几上落了一些灰尘，一大束玫瑰很孤独地竖在上面，有一些时日了，一副病恹恹的样子。沙发上是一堆凌乱的衣物。房间里散发着霉潮的气味和喷洒的香水味。这房子很少有人住。

这时，从洗手间里传来她呕吐的声音，他"腾"地站起来，急切地向洗手间走去，敲了敲门，轻声问，"没事吧你？"她没有应声。他又敲了敲门问，她还是没有应。他很是担心，也顾不了那么多了，狠狠地一把拧开了洗手间的门。她已经醉了，狼狈不堪，整个人瘫坐在地上，马桶里有她吐出的秽物，散发出一股难闻的气味。他赶紧把她搀扶起来，轻声问她，你没事吧。他边问边按马桶开关，水"哗啦"一声喷出，他又连续按了两次，直到完全冲干净。她抬起头来，看见他的脸，她没有说话，突然咯咯地笑了。他关心地责怪道，"看你，喝那么多酒干吗，红酒后劲大得很，现在知道厉害了吧？"她又咯咯地笑了。她醉得不轻。

他把她扶上了床。她双手环抱着他的脖子不放。他使了好大的劲才把她的手掰开，她仍然咯咯地笑。他找到毛巾，用热水打湿，帮她洗脸和擦脖子。她又一把抱着了他的脖子，他整个人压在她身上，他头部的血管砰砰跳动着，血液一股一股地向大脑处奔涌。他尽力克制自己，问道，感觉好点没？

她没有说话，大口大口地吐气。

他问，要不要喝点水。

她还是没有说话。

他说，我给你弄杯热水去。他打水过来时，她已经睡着了，还打起了轻微的鼾声，绯红的脸庞越发俏丽，女人醉了的样子愈发令人生怜。他坐在床上盯着她看，她睡得真像一个孩子，脸上还带着笑意。他心里突然咯噔一紧，他仿佛听到了老婆的声音……

窗外已是白茫茫的一片。外面一直下着雪，房间里感觉不到冷，他甚至浑身发热。他拉上了窗帘。他轻轻地脱下她的鞋，又脱下她鲜红的呢绒外套和酱红色的包臀短裙。动作娴熟自然。不慌不忙。像对待自己妻子一样。然后，他把被子给她盖好，掖好被角。他轻轻在她额头上吻了一下。他向外走去。

打开房间门的一瞬，一股冷气从外面涌来，他忍不住打了一个寒战。

　　雪下得静谧无声，地面已被白雪覆盖，就连路边的垃圾桶也被大雪覆盖了，像是穿了一件厚厚的衣服，臃肿得有些可爱，路灯在白雪的映衬下异样的明亮，灯杆瘦瘦的影子安静地躲在雪地上，显得格外寥落。一阵寒风吹来，空中飘舞的雪花立即凌乱了，地面上的雪起了一层白色的雾团，一会儿向前跑一会儿向后退。风把身上的暖气全都吹散了，他竖起衣领，大步朝前走去，像是走进了一个童话的世界。

回娘家

　　一簇簇的油菜花儿火把一样绽放，挤挤攘攘，喧闹得很。一眼瞅过去是它，一眼跳过去仍然是它，像一场无法扑灭的火灾肆无忌惮地燃烧这个季节。就在这个时候，桂芳回娘家的想法越发迫切了，像大堤决了口子，河水咕咕咚咚地往外涌，一涌桂芳就感到有一双眼睛在背后盯着她，她就面红耳赤了，一摸脸呀耳朵呀，滚烫滚烫的。她赶紧设法把堤堵上，硬生生地堵，像压炉膛里的火，越压烧得越旺。桂芳很惆怅。

　　早上，桂芳去米缸舀米。瓢裂了，被仁国用线补上，像一条蜈蚣趴在那里，桂芳每次看到心里都会咯噔一下，手猛地往回缩，然后，小心翼翼地把瓢抓在手里。打补丁的瓢给人一种破破烂烂的感觉，怎么瞅怎么别扭。桂芳想，今年葫芦熟了说什么也要多剖上几把。她揭开盖子，腰杆在缸沿上向里探，瘦小的身子差点儿掉进米缸。瓢在缸里舀得咣当响。舀来舀去，还有大半瓢米。桂芳手抖了抖，大半瓢米又洒下去一半，这一刻，回娘家的想法又涌出来了，刚开始如同醉汉胃里的东西直往喉咙眼里冲，桂芳还在犹疑，还想控制，河水已呜呜地溢出来，一眨眼的工夫就泛滥成灾了。

　　稀饭煮好了。桂芳一边喝着粥，一边小声跟仁国说，今儿我想回去一趟。仁国愣了一下，嘴里的一口稀粥"咕咚"一声咽了下去，他扭头往里屋看了一眼，鸭蛋鸡蛋还在睡觉。鹅蛋上学去了。仁国又看着桂芳，浑浊的眼神有些无力，问，"要不要带上鸭蛋鸡蛋？"桂芳想了想，说，"不带。"仁国知道她的意思，没有说话，埋着头，呼呼噜噜几下把粥喝完，放下碗筷，从兜里掏出一根烟，点上，吧嗒吧嗒地吸，火星儿一闪一暗，白色的烟雾在头上盘旋。仁国习惯用抽烟代替语言。仁国沉默，桂芳也沉默，烟雾也沉默。屋外传来公鸡打鸣的声音。

　　桂芳轻手轻脚地从里屋找出那只竹篮。竹篮是前几天下雨仁国窝在家里编的，竹子的青气还没有散尽。桂芳又找了一条袋子，是县化肥厂的尿素袋子，"尿素"两个字很醒目。袋子织得很密，很新也很结实，被桂芳洗干净了收了起来，一直舍不得用。桂芳把袋子叠好，平平展展地放在篮子里，伸长脖子看了一眼鸭蛋鸡蛋，两个睡得很香，发出轻微的鼾声，鸡蛋嘴角流出一大坨涎水，把枕头打湿了一大片。桂芳轻轻擦去鸡蛋嘴角的涎水，然后蹑手蹑脚地往外走。鸭蛋鸡蛋知道了肯定会缠着去，特别是鸡蛋，特别黏人。桂芳提着篮子溜出了门。鸭蛋不知啥时醒了，看见桂芳的身影一闪就不见了，大叫一声，"妈！"从床上一骨碌爬起来，鞋也不穿就追了上去。鸡蛋揉着眼睛跟着从屋里跑出来，迷迷瞪瞪的，两只肥嘟嘟的脚丫迈过门槛时差点儿被绊倒。桂芳把鸭蛋鸡蛋哄进屋，说妈妈去嘎嘎（方言：即姥姥、外婆）家里有事，这次不能带你们去，你们在家里要听话，妈很快就回来，回来给你们带好吃的。鸡蛋抱住桂芳的大腿说，"妈妈，我要跟你一起去，去嘎嘎家吃肉肉。"鸭蛋跟着说，"我也要去。"桂芳说，"这次不行，妈去嘎嘎家有事。"鸡蛋硬缠着要去。桂芳来火了，强行把鸡蛋的手扳开。鸡蛋又抱住，不停地说，"我要去嘎嘎家吃肉肉。"桂芳板着脸对鸡蛋吼道，"你给我老老实实地在家里待着，听到没有？"鸭蛋听到语气不对，快快地退到一旁。鸡蛋仍紧紧地抱着桂芳不放。桂芳扬起手对着鸡蛋的屁股"啪啪啪"地扇下去。鸡蛋痛得大哭起来，仍然抱着桂芳的腿不放。仁国赶紧过来抱走鸡蛋，责怪道，"你也是，吓唬一下就行了，怎么还真打呀？"泪水从鸡蛋脸上大滴大滴地滑落，鸡蛋不停地抽泣，身体也跟着抽搐着，嘴里含糊不清地说，"我要去嘎嘎家吃肉肉"，眼睛直勾勾地看着桂芳，眼神里带着怨恨和惧怕。桂芳心里一酸，把头一别，提着篮子匆匆出了院子。

桂芳往田英家走去。她俩娘家是邻居，一起玩到大，又同一年嫁到同一个村。田英嫁到了街边，靠贩菜过日子，日子过得也紧巴。但是再紧巴也没桂芳家紧巴。桂芳家人多田少，每年一到换季的时候就很紧张，钱拿不出来，口粮也接不上，时常借了东家借西家。桂芳每次回娘家都会叫上田英，两人一起回娘家就成了规律。这次田英不愿回去。田英说，每次回去我弟媳妇像防贼一样。田英不想看人眼色。桂芳也想像田英那样硬气，但是一想到那口空荡荡的米缸她就硬气不起来，田英家人口少，在街边做点贩菜的小生意，时不时还能接点零散闲活做，大钱赚不了灵活钱却没有断过。桂芳央求着田英一起回去。她一个人回去心里没底，特别地慌，有田英做伴，心里就踏实很多。田英架不住桂芳说，进屋换了套衣服就走。

桂芳提醒说，你不带点东西回去，你家就住在街边上，空着手回去说不过去，你弟媳不是更生气。

田英想想也是，嘴上却说气死她，人已进了屋。田英提出一个篮子，里面还有两包红糖。田英说，等会到王麻子家买三斤油条。

桂芳抿嘴一笑，说我们想到一块去了。

桂芳买了两斤油条，篮子下面垫上蛇皮袋子，很蓬松，把篮子装得满满的，两斤油条看起来比田英三斤还要多。路过供销社时，桂芳犹疑了半天还是决定买了两斤白糖。白糖比红糖贵两毛钱，但白糖是塑料袋装的，红糖却是牛皮纸包的，两者的高低贵贱就很明显了。

天像洗过一样，蓝得炫目，几朵孤寂的白云飘在上面。田里的油菜秆上已挂上了果，枝头上的花还没完全褪尽，白蝴蝶黄蝴蝶在花丛中飞来飞去，蜜蜂扎进蕊中露出沾满花粉的屁股。桂芳清秀的脸上露出了久违的笑容，像轻风吹散了上空的云。她顺手拽下一粒油菜果，轻轻地剥开，里面的菜籽已裹了浆，很饱满。桂芳轻轻一捏，"啪"的一声菜籽就碎了。她看了一眼田英，柔柔地说，"再过两个月菜籽就收了，今年肯定是大丰收。"

田英"呵呵"干笑两声，说，"丰收又能怎样，能卖几个钱？能管到几时？还不是恓恓惶惶地过，还不是靠娘家救济过日子。"

桂芳笑着说，"你啥时侯也变得这么伤感了。"

田英面露忧色，叹了口气，说，"这日子何时是个头？早知道过这种日子，说啥也不会嫁过来。"田英的表情和腔调都显露哀怨，似乎在追悔什么。

桂芳笑着驳她，"当初是谁哭着闹着要嫁的，给你介绍响水的那个，你不是嫌人家山屹崂吗，田多呀，累呀。现在后悔啦。"

田英板着脸说，"这都是命，田多嫌累，田少日子过得紧。唉！"田英又叹了一口气，补充说，"这世上没有两全的事。"

桂芳用手指戳了一下田英的腰，嬉皮笑脸地说，"哎，你说，如果当初你嫁到响水去，现在会过成啥样？"田英狠狠地剜了桂芳一眼，说，"那肯定比现在过得好，起码不用回娘家带米，像做贼一样，你没看到我弟媳妇的眼神，恨不得把我吃了。"

　　田英的话让桂芳深有感触，桂芳幽幽地说，"可不是嘛，我每次回去也心虚得很，我一直在我嫂子面前缺把火，说话小声小气的，处处巴结人家，生怕得罪了，还不是因为要回去带这带那的。"说完她唉了一声。

　　田英突然问道，"当年你那个相好的咋样了？"桂芳没有说话，眼圈却泛红了。田英知道触到了桂芳的痛处，赶紧闭住嘴巴低头走。那时桂芳还在读中学，经常和班长交流学习，不承想有人告到老师那里说她们早恋。在全校师生会上，学校几对早恋的学生当众检讨，其中就有桂芳和班长，桂芳因此辍学，班长受此打击学习成绩一落千丈落榜归家。其实那时的他们年少无知，根本不懂爱情，充其量是互有好感在一起探讨学习共同进步而已。这段往事桂芳一直埋在心里，也很少有人会在桂芳面前提起。

　　路过襄江村时，只听见"呱呱"的声音，从路边油菜丛中突然窜出一个大汉，把田英吓得大叫一声，躲在桂芳的身后，一篮子油条差点给撒了手。桂芳心里也是一惊。她知道是化汉鸭子。每次回娘家都会在这里遇到化汉鸭子，每次化汉鸭子都会以这种方式突然地出现，每次都会把她吓一跳。田英丢下篮子，上去揪住化汉鸭子的肩膀就是一拧，骂道，"你个死鸭子，叫你吓我叫你吓我。"化汉鸭子痛得又"呱呱"地叫了起来。

　　化汉鸭子是襄江村人，叫王化汉，听说以前也是高才生，不知受到了什么刺激，失踪了好几年，找到时已变成一个傻子了，人疯癫痴傻，连话也不会说了，像一只鸭子只会"呱呱"地叫。家里还有一个瞎妈，平日里靠化汉鸭子东讨西要和村里救济过日子。化汉鸭子指着篮子"呱呱"叫。桂芳知道他想吃油条，若是往常她会主动给他一些东西，今天不行，只买了两斤，分量太少了。

田英大声骂道，"死鸭鬼，滚一边去。"化汉鸭子张开双臂拦在路中间不让桂芳田英过，她俩从左边走，化汉鸭子就拦到了左边，她俩走到右边，化汉鸭子又拦到了右边。田英又要用手捅他，他又"呱呱"地叫，带着很委屈的腔调。桂芳拉住田英，低声说，别揪他了，你跟他一般见识干什么。桂芳轻声对化汉鸭子说，哎，不是不给你吃，今儿我们油条太少了，给你吃了就更少了，我们是走亲戚的，太少了不好看呀。化汉鸭子能听懂，点点头，仍"呱呱"地叫。田英埋怨说，"你跟一个鸭子说那么多废话干啥呢？"

化汉鸭子头上全是油菜花瓣，裤脚被露水打湿了半截，衣服胸前的污垢油光发亮，起了一层壳，像铠甲一样硬邦邦的。也不知多久没洗了，能闻到一股酸酸的馊臭味。袖口磨了一个洞，棉絮已从破洞口冒出。桂芳看他头上沾满了菜籽花，像一个小丑，心里一阵酸楚。桂芳用商量的口气轻声对化汉鸭子说，哎，你看这样好不好，下午我们还从这儿过，你就在这里等我们，我保证给你东西吃。化汉鸭子听了很开心，咧开嘴"呵呵"乐了，一坨涎水从嘴角流出来，在半空悬着，吊成一条很长的水柱，在胸前晃来晃去，最后"啪"地断为两截。他用袖子抹去嘴角下巴黏的涎水，盯着桂芳笑。

化汉鸭子前面几颗门牙不知啥时掉了，空洞洞的。人一旦掉了牙齿特别显老，特别不好看。桂芳想，他比她大两岁，应该有四十岁了吧，牙齿咋就掉了呢？鹅蛋正在换牙，也缺了两颗门牙，很滑稽很好笑，但看起来还是一个好看的娃。桂芳想她如果牙齿掉了会是什么样子，也会像化汉鸭子一样难看吗。

进院子门时，桂芳把篮子放在地上左右摇晃几下，油条又蓬松了，把篮子撑得满满的。哥嫂子坐在院子边那棵大榆树下剥花生，哥看见桂芳慢慢地站了起来，慢条斯理地说，"芳回来了，鸭蛋鸡蛋咋没来？"哥说话做事都是稳稳当当的，火烧眉毛也不着急似的。嫂子遇事火急火燎的，说话像打机枪，"突突突"说完了，你得半天才能回过味来。嫂子也跟着说，"哟，稀客呀，桂芳来了，我说一大早鸦雀子就在树上叫个不停。我跟你哥说要来客，他还不信。嫂子热情地招呼桂芳，屁股却钉在椅子上抬都没抬一下。"嫂子嘴上的热情让桂芳觉得太假。

桂芳抬头看了看那棵大榆树，顶上的枝丫上架着一大团黑乎乎的鸦雀窝，两只灰喜鹊在树枝上蹦来跳去，正在衔枯枝建造它们的家园。桂芳说，"嫂子，年年鸦雀子都在这棵树上架窝，说明你家是有好事要来。"

"啥好事，把这里屙的全是屎，臭死了。"

桂芳脸有点红了，嫂子一句话让桂芳不知道怎么接上话，一时无语了。

嫂子也感到自己的语气有些硬，嘿嘿一笑，说，"不是嫂子说你，回自己娘家了还带东西。"

嫂子说话时身子稳稳当当地坐在椅子上，手快速地剥着花生。怎么说呢，嫂子这个人还是不错的，只是爱说一些阴阳怪气的话，性格脾气她也习惯了，嫂子嘛，毕竟是外人，不能拿她跟哥和妈比。爹走得早，妈就当了这个家，哥为人老实，成人后什么事都是妈拿主意，自从嫂子进门了，这个家就由嫂子当。她一直对嫂子客客气气的。当年她出嫁时，嫁妆还是嫂子一手操办的，两个柜子两个箱子四床被子，体体面面地把她嫁出去的，在娘家时她们相处还算过得去，偶尔拌拌嘴是有的，但没有真正红过脸，桂芳出嫁后对嫂子比以前要好，时时处处小心翼翼，丝毫不敢疏忽，像对待一件上等瓷器，生怕一失手给摔碎了。

哥从桂芳手上接过篮子，说，"芳，你回回来回回带东西，你家过得也不宽裕，回去时你给娃们带回去。"

桂芳低声说，"也没买啥，从街上过顺便买了几斤油条。"说几斤油条时，桂芳说话声音很小，像要断气的人，有气无力。哥没有说什么，拎着篮子放进了堂屋。

桂芳挨着嫂子坐下，手往簸箕里伸，抓一把花生剥，没话找话地说，嫂子，"今年这么早就开始剥花生种？"嫂子快速地剥着，边剥边说，"不早了，年年都是这个时候，菜籽眼看着就要收了，早花生就可以下地了。"桂芳妈听到桂芳说话的声音，人还在屋里，声音却飘了出来，"是桂芳吗，桂芳回来啦？"桂芳大声应着。嫂子说，"你别剥了，你妈叫你呢，你快过去。"桂芳把手里的几颗花生剥完，才往偏房走去。自从嫂子进门后，妈就从堂屋搬下来住，嫂子说话嗓门很大，快，句句像在凶人，妈听不惯，就搬下来住，搬下来住好，儿子媳妇之间吵闹就可以装着听不见了。

妈也在剥花生种。妈见桂芳一个人回来，埋怨说，"你咋一个人来，怎么不把鸭蛋鸡蛋带来，他们可正长身体呢。"桂芳听了这话，眼圈一红，眼泪差点掉下来。妈的意思很明显，把鸭蛋鸡蛋带来吃一顿好的，可以改善一下生活补一下身体。桂芳挨着妈坐下，左手伸进簸箕，抓了一把花生低头剥壳，边剥边低声说，"妈，我这次来，其实……"

妈瞄了桂芳一眼，说，"是不是又接不上了？"

桂芳抬头看了看妈，目光有些暗淡，点了点头，在自己妈面前她从来不遮遮掩掩，说，"嗯，今儿米就不多了，手上也没有余钱，离收菜籽还有两个月呢，也不知今年的价钱如何。但愿今年能卖个好价钱。"

妈叹了一口气，"你们那里呀，好在哪呢？就是离街近一点，上街买个东西方便一些，但是田太少了，庄稼人田少怎么过日子嘛。唉。"妈又叹了一口气，手并没停下了，花生米一颗颗从壳里进出，圆鼓鼓的花生米像鸡蛋的屁股，粉里透着红，好看得紧。桂芳飞快地用拇指食指捏开花生壳，一剥，花生米一颗颗掉在簸箕里。

娘家离街远，买东西不方便，有客人来了一般都是杀一只鸡，切几片腌腊肉。虽然只是桂芳一个人来，嫂子还像以前一样，杀了一只鸡。嫂子茶饭好，菜园里很平常的几样青菜，在她手里能变出好多花样。鹅蛋鸭蛋鸡蛋都喜欢来嘎嘎家，主要是能吃上好吃的饭菜，特别是能吃上鸡肉腊肉，这在自己家里只有逢年过节才能有的事儿，农村人过日子都舍不得吃，只有来客了才会大方一次。鹅蛋上小学了，知道差了，不是过年很少来了，鸭蛋鸡蛋两个是馋食鬼，一听说来嘎嘎家非要来不可，桂芳平时都会带上他两兄弟的，今儿硬是不带他们来，主要是这次跟往常回来不一样，这次不是纯粹的走亲戚，是要办正事儿呢。

桂芳走进厨房，看见嫂子一个人正在忙乎，笑眯眯地说，"看，我一来又要让嫂子受累了，嫂子你不要太客气了，都是自家人，随便一点，你们吃什么我就吃什么。"嫂子扭过头来，很客气地说，"没有忙什么，都是几个家常菜。"桂芳蹲下剥蒜苗，嫂子过来拦住，说，"桂芳，你别动，轻易不来的，你和妈唠唠话。妈这阵子老是念叨你，我桂芳好久都没来了，是不是有啥事呀，你去吧，跟妈唠唠去，这里我一个人就行了。"桂芳知道嫂子的手脚快，根本用不上自己插手，只好说，"那行，嫂子你忙，那我跟妈唠唠去。"

桂芳又走进了偏屋，剥起了花生。

妈问，"你嫂子在做饭吧？"

桂芳说，"在切腊肉，我帮不上忙，就过来了。"

"你哥呢？"

"他刚端一盆子开水出去，在院子外面烫鸡毛吧。"

妈把簸箕递给桂芳，站起身来，拍拍手上的灰，又在大

襟上擦了擦，走到门口往厨房的方向望了望，折回来，径直
走到床头，挪开枕头，掀开被子，从床板上铺着的厚厚的稻
草中拿出一个乌色的手绢。她拿着手绢过来，坐下，把手绢
放在并拢的腿上，慢慢地打开，一层又一层，里面全是一毛
二毛五毛一块两块五块的票子，也有一分二分五分的硬币。
妈把这些钱一张一张地数，二十五块五毛八分。她又把这些
纸币一张张整整齐齐地放好，又把硬币摞好，用手绢一层一
层地包好，然后往桂芳手里塞。桂芳无力地推了推。妈说，
"收起来。"口气不容置疑。桂芳很顺从地把手绢放进了裤
袋里。

　　妈又说，"让你嫂子看到了不好，她嘴上不说心里还是不
暖和的。这些都是给他们洗衣裳时从口袋里掏出来的，有的
是大球二球三球弄丢的。"大球二球三球是哥的三个儿子，他
们三个年龄跟桂芳家的鹅蛋鸭蛋鸡蛋差不多大，但能玩到一
块去，只是现在都过得不宽裕，不是逢年过节很少走动。妈
接着说，"现在你嫂子当家，家里的钱全是她掌着，这点钱不
多但也够你一家子花一阵子了。别看你嫂子说话大大咧咧的，
其实心里明镜儿一样，家里怎么支怎么出她可清楚嘞。"

　　桂芳说，"多亏有嫂子，不然这一大家子也过不了现在这
个样子。"

　　妈无奈地说，"谁让你哥老实呢。"

　　饭菜很快就好了。

　　大球二球三球也放学回来了，三个人旋风一般冲进屋，
把书包一扔，人就往厨房里钻，一个个嘴里叼着菜被嫂子骂

着撵了出来。嫂子很麻利地收拾好桌子，三盘四碟把桌子摆得满满的。待大家都坐上了桌，大球才喊了桂芳一声大姑，二球三球也跟着叫，然后开始抢菜吃，嫂子唬都唬不住。桂芳一个劲地说，"小孩子不都是这样嘛，让他们吃让他们吃。"

吃罢中饭，桂芳又和妈唠上了。桂芳跟妈有说不完的话。花生也剥了一蛇皮袋子了。这时传来田英的声音，田英站在她娘家那边叫，"桂芳，准备回去吧，你还打算在你嫂子家过年呀？"桂芳忙应着，"好嘞好嘞，就走就走。"

哥听到声音也过来了。妈说，"时辰也不早了，你还有那么一段路要走，早点回去，免得家里人挂着。"哥接着说，"芳，带一点米回去吧。"桂芳等的就是这句话，当然面上的客气话还是要说的，她忙说不要。哥说，"回自己家了，客气啥，你们那里田少带些米回去吧。说着去找袋子。"

桂芳抿着嘴唇，忍了一会才说，"哥，油条下面垫着一个袋子呢。"哥找出一张新报纸放在桌子上，像熨衣服一样把报纸铺得平平展展的，从篮子里把油条拿出来放在报纸上面，又从篮子里把那条尿素袋子拿出来，使劲抖了抖，张开袋口子到米柜放米。

嫂子也过来了，她猛地打开米柜闸门，白花花的米争先恐后地欢快地往袋子里奔跑，蛇皮袋子像饿汉干瘪的肚子很快就鼓了起来。哥说够了，嫂子却说多装一些，哥又说够了够了，马上要漫出来了。嫂子才把闸门关住。

哥使劲把袋子拎起掂了掂分量，蹾了蹾，满溢的袋子瞬间委顿了，皱着眉头说，"起码有八九十斤。"

嫂子一脸严肃地说，"怎么？舍不得，给你妹子你还心痛了。"

哥忙说，我是担心桂芳扛不动，要不要倒一点出来。

嫂子口气很重，"倒什么倒！装进袋子了还倒出来，有你这样的哥哥吗？"

"我都提不动，芳能弄得动？"哥咕哝道。

那只装油条的篮子也让妈装满了红薯。

田英也带了半袋米和一小篮子红薯。她瞅了一眼桂芳，又瞟了一眼米，又瞟了一眼红薯，又把桂芳从头看到脚又从脚看到头，呵呵一乐说，"我看你怎么弄回去，路上我是不会帮你的。"哥听了又说，"要不要倒一点出来，这米比桂芳还重，她怎么弄得动？"嫂子瞪了他一眼，哥便不说话了。

出门时，桂芳想跟嫂子寒暄几句，一回头，嫂子的目光正射向她，桂芳心里一慌，感到一丝丝的寒意。怎么以前没有发觉呢，嫂子的目光像两根冰凌子，直抵心口的凉，跟那个一直在背后盯她的眼神一样，桂芳有些心怯，低着头说，"妈，嫂子，那我，走了。"

哥扛着米一直把桂芳送到了村外才回去。

桂芳右肩扛着那一袋子米，左手提着红薯，挺了挺腰杆，向前走去。两人步履轻快，边走边唠，走出二里地，桂芳已有些气喘吁吁了，额头上已沁出了密密匝匝的汗珠。她把红薯米放下来，坐在米袋子上歇气。田英笑桂芳捞死了，这么小的个，你哪里弄得动这么重的米呀，还要提一篮子红薯。

桂芳抹了一把汗，满不在乎地说，"你说我回来干什么？"田英说，"难道你没有看出你嫂子的脸色。"桂芳说，"她那点心眼我早就看到了，她给我装这么多米以为会吓住我，今天我就是爬也要一个不落地弄回去。"田英说，"咋累不死你？"桂芳笑着说，"累不死的，再多也累不死。"

走一路歇一路。桂芳倒没有说累，田英却说累了。田英惊讶地打量桂芳，桂芳像打了一针兴奋剂，瘦小的身材充满了力量。

快到襄江村时，老远看见化汉鸭子站在路中间，兴奋地挥舞双手，"呱呱"地叫。两边的油菜花似乎也跟着他在起舞。桂芳走到化汉鸭子身边，从篮子里拿了一个最大的红薯给他。化汉鸭子接过红薯，冲着桂芳咧着嘴笑了。他又走到田英身边，把手往田英面前一伸。田英把篮子往后一扭，没好气地说，"死过去，已经给你了，你还要？"化汉鸭子指着桂芳指指自己，又指指不远处，然后又指指田英篮子里的红薯，又"呱呱"地叫。

桂芳鼻子一酸，笑着对田英说，"他其实不傻，他是说我给了你还没给，他还要给他妈要一个回去。其实他还是一个大孝子呢，还惦记着家里的老妈。"化汉鸭子听了桂芳的话，一个劲地点头，"呱呱"地叫。田英听到他"呱呱"地叫心里就烦，大声吼道，"滚，再不走连这个红薯也不给你了。"田英这个态度确实出乎意料，但桂芳并不觉得田英面目可憎，是这样窘迫的生活让人变得太现实太俗气。嫂子不也是这样吗。桂芳丝毫没有怨恨嫂子的想法，居家过日子谁还没有自己的小九九啊。田英惹恼了化汉鸭子，化汉鸭子顿足捶胸，又张开双臂拦在路中间，不让田英走。"死鸭子，你还反了天！你给我死开！"田英嘴上骂着，人又走上前又要捎他，化汉鸭子吓得连忙往一边躲，嘴一撇，发出"呜呜"地哭腔。

桂芳赶忙拉住田英，说，"算了算了，我给他。"桂芳从篮子里拿了一个红薯递给化汉鸭子。化汉鸭子马上破涕为笑。桂芳伸手摘去化汉鸭子头的花瓣，若不是田英在场，她真想擦去他脸上的污垢。化汉鸭子有些不好意思，身子往后躲，咧开嘴巴笑，一大砣涎水顺着嘴角往下流。桂芳踌躇了一下，从裤子口袋掏出了一卷手绢，递给化汉鸭子。化汉鸭子笑呵呵地接了过来，打开一看，像是受到了什么惊吓，"呱呱"地大叫。那是桂芳妈给桂芳的钱。化汉鸭子眼睛瞪得很大，死死地盯着桂芳。田英也是一怔，迟疑了片刻，大声说，"桂芳，你疯了吗？"说着去夺化汉鸭子手里的钱。化汉鸭子咧着嘴往后趔，躲过田英，猛地向桂芳扑去，吓得桂芳也往后退了几步。化汉鸭子敏捷地从篮子里抢走几个红薯，"嗖"地钻进了油菜丛里，转眼就不见了。化汉鸭子所窜之处油菜激烈地摇晃。

田英要去追化汉鸭子，被桂芳拉住了。她笑着对田英说，"算了算了，我心甘情愿给他的。"田英有股恨铁不成钢的意味，咬牙切齿地说，"我看你才是真正的傻子！比鸭子还傻！给他两个红薯就不错了，还给他钱！活该你过苦日子！"桂芳仍然笑着，说，"其实他也很可怜的，自己一日三餐都吃不饱，还要养活一个瞎子老妈，多不容易！"

田英气呼呼地说，"人家可怜你不可怜！人家不容易你容易！你都过成啥样了，自己没钱还把钱给他。"田英的话像打机枪"嗖嗖"迸出，她没有打算让桂芳说话，接着说，再说，"你给一个鸭子，他知道好歹吗，还不是照样抢你的红薯。我看你是脑子进水了！"说完把头别到一边，气得直"哼哼"。

桂芳没有说话，只是长长地吁出一口气。一阵风吹来，桂芳轻轻嗅了嗅，油菜花儿的清香直冲鼻孔，还带有一股甜丝丝的清新味道。她望了一眼前方，油菜花的那头就是家了。桂芳不由得流出了泪。

田英很惊讶地看着桂芳，似乎气还没有消，依然凶凶地说，"咋啦？现在知道后悔了？晚了！活该！"

桂芳被田英这么一呛，一时语塞，揉了揉眼睛，笑着对田英说，"一只虫子飞进眼里了！"

油菜花已落地了，只能看到绿油油的一片，偶尔还能看见几棵弱小的油菜杆上追赶着绽放黄黄的小花，但它们已不可能再挂果了，就算勉强挂了果也全是瘪壳。那些饱满的成熟的菜籽夹一个挨一个，油菜杆儿压弯下了腰，密密匝匝地挤在一起。仁国这几天已开始割茅草扎勒子（勒子，用草编织的绳子，用来捆庄稼），镰刀磨得亮闪闪的，看着刀口就知道有多么锋利，仁国怕鸭蛋鸡蛋碰到，把镰刀架在房梁上，刀刃闪着光，像孩子的眼睛一眨一眨的。

这天早上，桂芳正在煮稀饭，米香味儿从锅盖沿儿钻出来，在整个屋子都弥漫着。桂芳忍不住吸几下，生怕香味儿溜走，那样就太可惜了。是啊，这米香味儿真是让人陶醉，世间还有什么能比五谷香呢？桂芳眉眼间溢出的开心不能遮掩，从娘家带回的那一袋米可派上了大用场，每天早晚的稀粥中午的干饭可养人呢，她能听见鹅蛋鸭蛋鸡蛋小麦拔节般生长的声音，特别是鹅蛋的个子"嗖嗖嗖"地向上蹿，裤子老是短上一大截，看见儿子们长个子桂芳很高兴，但是想到得为他们置办新衣服又让她很惆怅。

鸭蛋和鸡蛋打闹着从床上爬了起来，一起冲向堂屋，到篮子里拿红薯吃。鸭蛋从篮子里拿出一个最大个的红薯，在衣服上蹭了几下就啃了起来。鸡蛋在篮子里翻来翻去，想找一个最大个的，却从里面翻出一个手绢出来，一扯开，钱散落一地。鸡蛋大叫，"钱，钱钱，好多钱钱。"在鸭蛋也跟着喊，"妈，快来，好多钱呀。"桂芳和仁国以为两个孩子又在打架，两个人急忙跑了过来。鸭蛋站在一边不敢动。鸡蛋也像犯了错，呆呆地站着不动，肥肥的小手捏着一叠纸币，另一只手拎着一个手绢。是桂芳妈给的那一方手绢。桂芳愣住了。仁国蹲下来捡那些滚落满地的硬币。仁国把纸币和硬币一数，二十五块五毛八分。仁国不知怎么回事，抬起头，刚想问桂芳，却看见桂芳两眼已噙满了泪水。

独自倾诉

　　我不知道我在这里睡了多久，伴随着我的永远是漆黑的一片。

　　那胖子隔着厚厚的一层土，我仍能感受到他气喘吁吁的呼吸和厚实的体重。另外两个胖子站在旁边。我已习惯负重，这段时间来这里的人真多，仿佛又回到了那个喧嚣的时段。

　　哎，你踩到我了。胖子肯定是听到了我的声音，他吓得缩了一下脖子，直挺挺地杵在那里，小心地四处张望，像一只受惊的鸵鸟。

　　没错，说的就是你，你不要再东张西望了。

　　胖子往后退了两步。

　　虽是艳阳高照，你是不是觉得有些阴森恐怖。其实你们不用害怕。我活着的时候就不曾害过人，现在更不能害人了。

这世上只有活人才会害人，死人是绝对不会害人的。你们不信？那我就跟你们讲讲，这世间的人呐，眼中只要盛满了欲望，就再也盛不下其他东西了，他们对自己各种不可理喻的行为也熟视无睹了。

你们在听我说没有？呵呵。难得有人在我身边驻足，我得好好和你们絮叨一番。打哪说起呢？我也没有一个头绪，说到哪算哪吧。

我叫马辛哈，来自库鲁内加拉，在这里工作有十个年头了，如果厂里不炒掉我，我想我应该可以干到六十岁，如果我的身体允许，我可以干到七十岁。虽然工资不高，可我一个快四十岁的人了，没有文化又没有其他技能，除了看个门巡个逻，我真不知道能干些什么。我刚来时，这里的杂草比人还高，晚上有许多年轻人喜欢来这里，我看到他们藏在里面亲嘴儿。呵呵，你们可不许笑我，我不是偷窥狂，我是无意中看到的。后来，这里建起了好多厂房，进驻了好多工厂，有日本的，有韩国的，有中国的，当然也有印度的。我们厂在这些新厂房面前显得十分寒酸，老房子，矮趴趴的，像一个穿着破烂的叫花子。一辆辆的泥头车不分昼夜地从厂门前呼啸而过，过门前减速带时，车一颠，渣土洒落一地。这些渣土最好的归途是那个山凹。山凹以前是座山，人们看上了山上的石头，疯狂地挖山炸石头，石头采光了只剩下了一个巨大的坑，很丑陋，像一张毁了容的脸，狰狞、恐怖。后来有人往这里倒垃圾，再后来有人看到了商机，把这里承包下来，专门用来倒垃圾渣土，听说倒一车要收三百卢比，一天往这里跑的车少说也有三百辆，你算算，一天要收多少钱。我从不羡慕这些，虽然我只是个月薪四千卢比的保安，但穷人有穷人的活法，穷人有穷人的快乐。我的快乐就是晚上可以睡个安稳觉。你们别笑，这年头不是每个人都能睡好觉的，以前没听说过谁谁失眠了抑郁了。现在睡不着觉的人多着呢。就是因为人有钱了，想法就多了。

我整天坐在狭小的门卫室内，这里的边边角角我一清二楚，我没有吹牛，就连墙缝里藏了几只花边雨林蜘蛛我也知道。它们喜欢攻击人，有一次我的小腿被咬了一口，肿了几天。墙上贴的报纸也被我看了好几遍，别看我书念得少，报纸上的有些句子我能背下来。这样的日子你们是不是觉得很无聊，可我很享受，再说，我又能干什么呢，去车间？我不愿意受人管束，在那里工作一坐就是十几个钟头，还不让说话，那才是真正的无聊，还是干保安舒服，自由，想坐就坐，想站就站，想走也可以四处走走，只要不离开自己管的那一亩三分地就行。每当有泥头车从门前过时，我就会从门卫室里出来，我得把撒落在厂门前的泥土扫干净。看着来来往往的泥头车，我心中莫名地不安起来。不安什么？我也说不上来。这些泥头车到了晚上跑得更频了，一辆接着一辆，那些司机不知疲倦，车轰鸣了一个又一个夜晚。远处有探照灯投射出的光柱在天际搜索，那光柱照亮的地方总是太小，只能看见灰蒙蒙的一道光和一些在光柱中飘舞的尘粒，光柱外是黑咕隆咚的一片。

我不知道是什么时候开始听到那个声音的。"咕嘟""咕嘟"，对，就是这种声音。它老是在我耳边响，从工厂喧嚣的机器声中我也能把这声音里辨别出来，它像一支冰冷、急促的箭，嗖嗖地往我耳朵里钻。那声音在我耳膜里旋转着，犹如一支羽毛在里面旋转，有时候有些痒，有时候又有些痛，我感觉耳边已经堆积了一些耳屎，而且越积越多，耳眼已被堵塞，那"咕嘟""咕嘟"的声音跑进耳朵里后无法出来，径直往脑颅里冲，那声音又在我脑颅里轰鸣着，我左右摆动头部，我能感觉到耳屎纷纷往外掉，可那声音却粘在耳朵里不肯出来。

现在的东山满眼碧翠，那一块"伤疤"早已恢复如初，你根本看不出这里曾发生过一场劫难。这段时间来这里视察的领导也多，不久这里会盖起一幢幢的高楼。钩机把一铲一铲的黄土倒进工程车上，工程车在黄色的泥土上幸福地撒着欢儿，倒土，再跑过去装土，倒土。那些平整好了的地上已竖起了桩机，桩机"哐哐"声音响彻天际，你说奇怪不奇怪，这种声音又让我想起那个声音——山晃动的声音。你们不信？我没有撒谎。你们要是不信就算了，我先这么说着，你们就当是一个疯疯癫癫的人在说疯话吧。

那段时间，东山在不停地晃动。我急忙告诉普拉巴卡兰。普拉巴卡兰笑着说，哎，伙计，你病得不轻呀。我说这是千真万确的。普拉巴卡兰说，那我说我们这栋楼在动，你信吗。我摇摇头。想想也是，山怎么会动呢？可是我真的看见山在晃动，我该怎么说他才会相信呢。普拉巴卡兰摆脱我走了，好像我是一块咀嚼过的黑皮甘蔗，厌恶地把我吐在了地上。我只好跟沙普斯说。沙普斯用不屑的余光瞅着我，又用不屑的口气说，如果我相信山会动，不是你是个神经病就是我是个神经病。我还没有开口，奥马尔就让我打住，你少在我面前放电屁。沙普斯插话更正，他是放狗屁，不是放电屁，如果他能放电屁，那用一根灯管插进他屁眼里就会亮。沙普斯和奥马尔一起笑了，他的小胡子一动一动的，像两只毛毛虫在他嘴边蠕动。他们总是喜欢在语言上对我进行侮辱性的调戏，好在我也习惯了他们这种面对面的羞辱方式。我找不到可以说话的人。我跟谁说谁都会说我是个神经病。他们有些怕我，见到我像见到魔鬼一样，老远就绕开我，他们躲我的方式有些粗暴，赤裸裸地，丝毫不加掩饰。有时他们见到我还会故意夸张地模仿我的样子和我说话的语气，啊，啊啊，山在动，山在动。他们飞快地从我身边走过，留下他们欢快的笑声。

那天下班后，我往大坑走去。山脚处有一排铁皮房。房子是白色的，像白铁皮，又像白色的塑胶板，大门棕红色，散发出铁锈的味道。两扇门间有一条缝隙，我看见几个人坐在茶几旁喝茶。我敲了敲门，铁门发出轰隆隆的响声。一个年轻人拉开了大门，他看见我，愣了一下，警惕地问我有什么事，我说没什么，过来看看。那人热情地邀请我进去喝茶。我顿时踌躇起来，不知该不该跟他进去，一只跨进去的脚没有落地又缩了回来。年轻人笑着说，没事的，进来坐坐。

办公室里烟雾缭绕的，弥漫着浓烈的烟草味，两个玻璃烟灰缸装满了烟蒂。办公室里三个人。开门的年轻人、一个胖子、一个戴着眼镜的。他们看到我进来紧张起来，很热情地招呼我坐下。年轻人递给我一支烟，打火，我嘴里的香烟被点着了。我吸了一口，说谢谢。年轻人问我哪个单位的。我说，路那边工厂的保安。胖子身子往沙发上一靠。我接着说，我发现这里的山老是在动，过来看看。胖子一下子来火了，身子往前一挺，瞪着我说，老子还以为你是谁呢？把老子吓了一跳。什么山在动？山在动关你屁事！闲事管得倒宽，给老子滚！我悻悻地站起身来，那年轻人热情地推我离开。

我有些神思恍惚，见到人就说山在动。说这话时我也没有底气。你们可以想象到结果，当然没有人会相信。他们总会调侃地问我，马辛哈，山有没有在动呀。我很认真地说，我听一下。同事们都笑了，他们说我发神经。我精神出问题的事传遍了整个厂。没人叫我马辛哈了，不知什么时候我的名字叫"神经"或"马大哈"了。我在不知不觉中接受了这个名字。

有一天晚上上夜班，夜出奇的静。我又听到那熟悉的声音。"咕嘟咕嘟"。我屏气凝神地听。我希望只是幻觉，好似一条狗从眼前匆匆跑过，而后什么也没有留下。或是我在做梦，梦到哪算哪，当不得真的。

你又在发什么呆？普拉巴卡兰过来查岗，发现我怔在那里，大声向我吼道，哎！伙计，你在想什么呢。"咕嘟咕嘟"的声音刚从耳朵里进去，普拉巴卡兰的声音也跟着急急忙忙地往里钻。我耳朵太小，不够它们同时进入，禁不住打了寒噤，犹如我夜尿时打的激灵，身子也跟着抖动起来。哎，我说伙计，你这个样子，我真担心贼进来了你都不知道，普拉巴卡兰指着他自己的头说，你这里肯定出问题了，去医院检查一下！早点治，晚了就治不了了。好像我是神经病晚期，到了非治不可的地步。

我耸耸肩说，我像有病的人吗？我没病，我脑子好着呢。我说，普拉巴卡兰，对面的山真的在动，你听，你仔细听，真能听到它晃动的声音。我还看到山上有几棵树向前移了，也许是半米，也许是一米，具体是多少我说不准，反正是移动了。

普拉巴卡兰笑了，他说伙计，我服了你，山怎么可能会动呢。老子长这么大看过狗跑、马跑、猪跑，还没听说山会动、树会跑的，你不要告诉我你们老家的山、树会走路吧。普拉巴卡兰是科伦坡本地人，他一向瞧不起我这个异乡人。普拉巴卡兰被如此幽默的自己给逗笑了。他的嘴咧得更大了，斜斜地抽动着，像中风的人，他又说，噢，伙计！就算山会动，为什么我们都没有看出来，就你，肉眼凡胎，能看出来？这么多人都没有看出来就你能看出来！天啊！你不会以为你是孙悟空！孙悟空是一位来自东方的神猴，听说是一种半人半兽的东西，有很神奇的法术，我没有看过这部片子，普拉巴卡兰说他看过，是在电影节期间看过的，片子叫《西游记之孙悟空三打白骨精》，我是不相信的，那么贵的票价他会舍得花？就算他舍得花这个钱，他老婆娜丽妮肯定舍不得，谁不知道娜丽妮是个视钱如命的人！

我无语了。

普拉巴卡兰把手背贴在我的额头上，试了试温度，他说，也不烧啊，怎么老是说胡话。哎，伙计，你听我劝，还是去医院检查一下吧。

我有些急了，说我没病！我说的是真的！

普拉巴卡兰说，好好好，你没病，我有病，好吧。说着他翻了翻我的眼皮，像一个很有经验的老中医，说，哎，伙计，你眼睑红肿，还有血丝，目光呆滞，你没有神经病也肯定上火了。下班后好好休息，不要再胡思乱想了，说句不中听的话，就是天塌下来关你毬事，你就是一个看大门的，只要这个厂不被偷不被抢，就是天塌下来跟我们又有什么关系呢。普拉巴卡兰朝我胸脯狠狠地擂了一拳，说，哎，伙计，不要一天到晚瞎琢磨，啊——实在闲得蛋痛你可以琢磨厂里那些老女人，她们的老公都不在身边，可寂寞了。普拉巴卡兰笑了，那嘴巴更斜了。

我也跟着咧嘴笑了。我为什么笑了，我也不知道，反正我就跟着他莫名其妙地笑世界很乱，不是这里暴乱，就是那里有疫情，还有地震，或是台风海啸泥石流。我突然想起来，那些人遇到困难了第一时间就是打电话求助。我突然想到了电话救助，但我不知道可以打给谁，我想还是找科伦坡的警察吧，于是我拨了报警电话，我说山体晃动的事。电话那边传来女孩子银铃般的笑声，她好像对我的话很感兴趣，很有礼貌地问，那你说山为什么会晃动呢。我说，严格意义上讲，这不是一座自然的山体，而是一座人造山，知道不？是堆出来的山，就是一些人把淤泥、渣土垃圾堆成了一座山。女孩子很认真地听我说，等我说完了，她才"哦"了一声，温柔地说，马辛哈先生，非常感谢您的来电，您说的这个事情我已经听明白了，这件事说起来还挺复杂，您得去找城市管理中心解决，说完她很礼貌地跟我说再见，而后挂断了电话。听了她的话我好像找到了解决的途径，我又搜到了城市管理中心的电话。又是一个女孩子接的电话，她的声音很甜，甜得我差点儿拿不住电话，这是我听到过最温柔的话语了，凡是温柔的人必定很有礼貌。她礼貌的话语带有甜甜的奶油的腻味，听多了也会让人感到反胃。她告诉我马上处理。这件事情终于有了一个结果了。过了一会，我看到有一辆执法皮卡车开了过去，我把大门虚掩着，跟了过去。两名执法人员走进了那个铁门，我看见是那个年轻人接待他们，看样子很熟，勾肩搭背的，很是亲热。他们坐下来泡茶喝。我等了好长时间才看见他们出来。一切如常。来来往往的泥头车并没有停歇。我再打电话，那女孩子说已派人前去处理了。我说没有处理，只是喝喝茶就走了。那女孩子说向领导反映后再给我答复。

第二天还是我上夜班。我又拨打了电话。我对声音十分敏感，我听出是那个女孩子的声音，我已经熟悉和适应了她腻味的声音。她也听出是我，她不知怎么回答我，支支吾吾的。我一个劲地追问，她才说，你应该找国土部门解决。不管怎样，也给了我一个答复。我又找到了国土部门的电话，那边说根据职责管理原则，你应该找灾难管理中心。我又找到了灾难管理中心，他们又回复我要找城市管理中心。我听说有很多事情没人管找记者有用，就打电话到报社，他们也说马上派记者去调查。我等了两天，至于有没有去调查或处理，我不知道，我只知道土一车车地倒，山一点点地长高。我不再指望什么人能解决这个问题。我常一个人在寂静的夜里发呆，那声音在静谧的夜里隐隐作响，可只有我一个人听得到。

我浑身上下都烫得厉害，眼睛一闭就天旋地转。我看见一个怪兽正在搬那座山，山体晃动，山石滚落，我大声叫道，山动了，山动了，快跑！快跑！那个怪兽向我扑过来，怪兽后面还跟着一群人我不认识的人，他们手里提着刀，有的还拿有枪，凶神恶煞地向我扑来，我吓得赶紧逃，两条腿前后一摆像扇动的翅膀，整个人就飞起来了，后来不知怎么了，腿像被人拽住了，他们就追了过来露出狰狞的笑脸，我大叫救命。

普拉巴卡兰使劲拍我的脸，啪啪地响，好不容易才把我拍醒，他摸了摸我的脑门，咦，真烫！神经，你发烧了，要不要去医院打一针。我摇摇头，眼睛都无力睁开，有气无力地说，我没事，喝点热水盖上被子，捂一身汗就好了。我不愿去医院花冤枉钱，上次感冒去了医院，硬要我去抽血验尿，花了我一两百块确诊为感冒，医院是我们穷人最害怕去的地方，倒不是我讳疾忌医，而是我的血汗钱经不起他们这样折腾，老婆孩子靠我的工资生活呢。我大脑被烧得像一团糨糊，我眼皮有些重，像坠着什么东西。我睁开眼睛看见普拉巴卡兰疲惫苍老的脸。这几天普拉巴卡兰上早班，晚上替我顶夜班。他长满胡茬和酒刺留下的坑坑洼洼的脸疲惫地向我微笑，脸庞愈发生动起来。我舔了舔干枯发苦的嘴唇，说，没事，我睡一觉，出一身汗就好了。普拉巴卡兰关心地说，哎，神经，奥马尔说你一直在说胡话。要不要我帮你买一包药剂。我微微侧起身子，浑身酸痛无力，我使劲啐了一口苦痰，那痰很浓，墨绿色的，黏在嘴边好半天才掉下来，我用手反复擦拭，说没事的，我捂一捂，出汗了就好了。

　　普拉巴卡兰皱了皱眉头，他撇了撇嘴说，那行吧。普拉巴卡兰把他床上那床被子又盖在了我身上，又给我倒了一杯开水，轻轻地说，马辛哈，趁热喝吧，烫烫喉咙，发身汗就好了。

　　普拉巴卡兰竟然喊我"马辛哈"，我有些感动，他好长时间没有叫我"马辛哈"了，我只记得我叫"神经"，以前他还叫我"伙计"，现在也不叫了。我接过杯子，轻轻抿了一口，水有些烫，在嘴里转了几圈才吞下去。我嘴里有些淡，有些苦。正因为此，这水才让我感到特别的甜，滚烫甘甜的水沿着我的喉咙往里滑，舒服极了。我把水喝完，普拉巴卡兰问要不要再来一杯。我摇摇头说，不了，喝多了尿多，等会起来撒尿被冷风吹了就不好了。普拉巴卡兰说，那你休息，有什么事打我电话。我点头嗯了一声。普拉巴卡兰问要不要再来一杯。我摇摇头说，不，喝多了尿多，等会起来撒尿被冷风吹了就不好了。

　　普拉巴卡兰揉了揉惺忪的眼睛，走了。走到门口时，我看见他困倦地耸耸肩膀，抻了抻脖子，径直向门卫室走去。

躺在我旁边床上的沙普斯伸了个懒腰说，神经，这几天你不停地说胡话，我们也不知道你在叫什么，搅和得我们也睡不了觉，若是往日我非一脚把你踹下床不可。

我说不好意思。

他冷冷地说，不过，我们的忍耐也是有限度的，我可没有普拉巴卡兰那么好的脾气，你再这么一直闹，不把你踹下床，我们也要把你送到精神病医院去，要不就打电话让你家里人过来把你接走。他没有说"我"，而是说"我们"，我可以想得出宿舍的几个人都恨我恨得咬牙切齿。

沙普斯又说，这两天普拉巴卡兰上班还时不时回宿舍转转，就是来看你，你他妈的病好了一定要请人家吃个饭，感谢感谢人家。

我说，好的好的，到时连你们一起请。

上铺的奥马尔用脚后跟砸了砸床铺，算是跟我打了招呼，他说，神经，你这几天把老子吓死了，不是看在你年龄比我大的份上，我真会揍你一顿的，你不知道你那个鬼样子，鬼哭狼嚎的，害得老子根本睡不了觉。老子用脚砸床，你也醒不过来，啊，啊，山在动山在动，叫个不停。

我歉意地笑了笑，算是回应。奥马尔看不到，他见我没有应声，以为我没有听到，又用脚后跟砸了砸床铺，喝道，神经，你听到没有。我忙说听到了听到了。奥马尔又嘀咕了一句什么我没有听清，他翻了一个身，床铺发出咯吱咯吱的声音。

透过窗户，我看见了走廊上的白炽灯晃动着，一群虫子围着灯泡飞，撞得灯啪啪响。这时我又听到了那个熟悉的声音。"咕嘟""咕嘟"，仿佛就在我耳边。前面是黑色的天幕，那根光柱又在扫来扫去，光柱把黑色的天幕划破一道口子，光柱扫过去，那道口子又自动痊愈了。我又感觉到山体在晃动。我不知哪里来了力气，一下子跳下了床。沙普斯吓了一跳，愕然地望着我，怔了一下才说，神经，你又发作了，深更半夜的你不睡觉，你要干啥？

我没有理他。我冲出宿舍，挥舞着双手，大声喊，山在动，山在动！普拉巴卡兰在门口没有拦住我。我跑出厂区，沿着山路一边挥舞着双手跑着一边大声地喊道，山动了！山要塌了！山要塌了！我顿时觉得这样叫喊几声就像把肚子里的闷气释放出来，整个人精神多了。路边几只狗被我的样子给吓住了，它们惶惑不安，耸起颈背上的毛，小声地呜咽，待我跑过时它们才跟在我后面狂吠，我的叫声与狗吠声交汇在一起，好似一场大合唱，这样的方式反而愈发激起了我的兴致，我好久没有这样舒坦过了。

奥马尔勒住了我的脖子才把我制服的。他说，你这个傻大个力气倒不小，我和沙普斯两个人还差点不能把你制住。普拉巴卡兰看到我平静地躺在床上，一句话也没说。他背后站着阿曼。阿曼是总经理助理，他的小眼睛躲在瓶底厚的眼镜片后面转动。我看见阿曼顿觉毛骨悚然。阿曼名声不太好，他的小眼睛一转动就会转出整人的主意。我看到普拉巴卡兰一直赔着笑脸。他低三下四地跟阿曼说话。阿曼很生气地走了。普拉巴卡兰目光游离不定，欲言又止，嘴巴张了几次，终究是一阵沉默。

　　不知过了多久，门外传来一阵急救车的喇叭声。阿曼身后还跟着五个穿白大褂的人，四男一女，男的个个牛高马大的，不像医生倒像是屠夫，女的长得娇小玲珑，他们叫她黛比。阿曼指着我说，就是他！那四个男人冲过来把我按住。黛比拿着注射器向我走来，我根本动弹不了，只得眼睁睁地看着那根细长的针头扎进我的胳膊，黛比动作熟练敏捷，那一管药水很快就注射到了我的体内，打完针后，他们拉着我走。我顺从地跟着他们走，我问你们要带我去哪？黛比说，带你去治病。我说我没病。黛比说，哪个神经病会承认自己是神经病。看来他们把我当成神经病了，一定是阿曼叫他们来的。我知道我现在反抗也没有用，我也没有力气反抗，我只好向他们求饶，我说我真不是神经病，求求你们放了我，好吗？黛比不理我，钻进了救护车。我的心怦怦跳得厉害，为了掩饰我紧张的心情，我故意走得不慌不忙的，尽可能地拖延一下时间。在上车的一刹那，我奋力挣脱了控制，向身后的普拉巴卡兰扑去，我抱住普拉巴卡兰，我说，我真没有病，求求你跟他们说说。如果我去了那地方，没有神经也会成神经病的。普拉巴卡兰轻轻地拍了拍我的后背。普拉巴卡兰叫他们先停下。他们没有理会他，过来摁住了我。普拉巴卡兰从裤袋里掏出钱包，给五个白大褂一人给了一百卢比，这是你们的交通费，你们等我五分钟，我跟阿曼说一下。他们对视了一眼，把钱放进了口袋里。一个男医生说，那你快点，是你们打电话要我们过来的，我们不处理，以后出了什么乱子我们可担待不起。普拉巴卡兰说，这个你们放心，出了事与你们无关，全包在我一个人身上。他们几个在一起小声嘀咕着。一个男医生说，应该没什么大问题，让他一个人待一会，不要刺激他就行了。救护车走了。阿曼板着脸，大声呵斥，你给我老实点，少给我添乱子，不然谁求情都没用。我木了，却不知道说些什么。

普拉巴卡兰送走了阿曼，人还待在那里，忧心忡忡的样子。他坐在我床边，郑重地说，马辛哈，阿曼的话你也听到了，你可要老实点，我劝你还是去医院检查一下。我想辩白一下，他制止了，接着说，我不是说你有病，只是要你去检查一下，有病没病检查一下嘛，有什么关系呢？要不你回家休养一段时间也行。伙计，我也有难处啊，刚才拉你去医院与我可没有半点关系……你不会恨我吧。

我说，不会。我睁大了眼睛盯着普拉巴卡兰，提高了嗓门说，不过，你要相信我，我真的没有病，我不是神经病，那山真的在动。

普拉巴卡兰好像彻底失去了耐心，有一股恨铁不成钢的意思，说你是没救了，刚才你也看到了，我说了多少好话，才把你留下来。你如果还瞎搞的话，我是保不了你的！普拉巴卡兰走了。我一阵眩晕，靠在铁床的框柱上，慢慢地闭上了眼睛，眼泪流了出来。

你们还在听吗？你们耐心听我说嘛。

那天我不知睡了多久，我醒来时沙普斯、奥马尔去上班了。另一张床上睡了一个人，我知道那是普拉巴卡兰，普拉巴卡兰上夜班一般都宿舍里睡觉，只有上白班才会回出租屋陪他老婆娜丽妮。

我醒后大脑一阵空白，如果没有记错的话，那天应该是礼拜天，在我印象中只有礼拜天才会这么安静。礼拜天工厂停工，大部分的工人会去逛街，当然也有留在家里、宿舍里休息的人。我走出宿舍，站在走廊上，目光越过房顶，注视着前面的黑绿色的山峦。山是完好无损，那些树也没有什么异常，一派祥和。周围一片沉寂，死一般的寂静。我莫名不安起来。突然，东山又开始发出橐橐声，声音隐隐约约地传来，我屏住呼吸，竖起耳朵仔细听。"咕嘟""咕嘟"如泉水汩汩流出的声音，慢慢地，声音有些大了，像远处传来的沉闷的雷声。我听到山体坍塌的声音，声音深沉而又粗犷，均匀而有节奏，一声接着一声，声音间隔有序。走廊的白炽灯晃了一下，这使我惊骇万状，这是地震前的预兆！我还有些犹豫，来回走动，我想到了阿曼，想到了黛比他们。空气异常的阴冷，我不由得抱紧了双臂，好像这样可以控制住忐忑不安的心。

白炽灯又晃了一下，发生"咝咝"的声音，像蛇吐信子的声音，我像从睡梦中突然惊醒，撒腿向马路边跑去，这里很开阔，前方山体一览无余。山体开始移动。山上的树木激烈地晃动。山体裂出了一道缝，泥土开始向下滑，整个地面晃动起来。我听到有人大喊"地震了"。人们纷纷冲出屋子。普拉巴卡兰不知什么时候也冲到了路边。我大声喊山塌了，跑出来的人们向东山望去，山体裂了一个口子，黄色的泥土向下滑动，还伴有黑色的塑料袋及其他的垃圾。我挥动双臂，大声叫，快跑呀，山塌了。我这一喊提醒了大家，人们纷纷向西边跑去。

普拉巴卡兰指挥着人们向开阔地带疏散。我们几个保安人同把人们安置在一个空旷的地带，拉了警戒线，禁止人们往前走。娜丽妮哭泣着跑来，普拉巴卡兰拦住了她，她哭道，忘拿家里的钱了，存折还在柜子里。普拉巴卡兰吼她，钱重要还是命重要！娜丽妮继续哭道，这可是我们攒了几年的钱啊，你赶紧回去拿。普拉巴卡兰拗不动她，看了一眼东山，犹疑了一下，他又看了一眼娜丽妮，向宿舍跑去，我伸开双手拦他，他一把将我推开，我一个趔趄，险些摔倒。我大声喊，普拉巴卡兰，来不及了。看见普拉巴卡兰往里冲，人们纷纷跑回去拿东西。现场很混乱，所有影响和妨碍他们的言行都是不合时宜的。我还被人打了几拳。

我去追普拉巴卡兰。山体突然滑了下来，厂房被泥土掩埋。这时人们才发觉事态的严重性，折身往回跑，奔涌而来的泥土像海浪一样在后面追。泥土很快就追上了我们。

那一辆辆的铲车把黄土铲起来，像倒水一样倒进另一辆工程车的车厢里，那土沙沙地装满了车厢，只是那土好新鲜哟，我有一种亲切感。我想起来了，那土就像东山流下来的将我包围的黄土。泥土把我包裹着，这是我工作多年的地方，有我熟悉的同事，还有我熟悉的门卫室，以及里面的桌子、凳子、手电筒、墙壁上贴的报纸、明星海报，还有各种油污、鼻涕、痰迹……对，还有那几只蜘蛛，也不知道它们怎么样了，它们会不会被压在土下。我曾在这里虚度时光，其实幸福莫过于百无聊赖地虚度时光。面对这熟悉的地方，我曾讨厌过，咒骂过，现在想来，越是自己不想待的地方，自己想方设法想逃离的地方，往往是自己常常念想的地方。

这时正是中午时分，我却看不到阳光。我在黑暗中看到一些熟悉和一些不熟悉的面孔在狞笑，我的思绪像落潮后的河床，那里杂草丛生，茂盛喧闹的生长，无论多少把镰刀也无法将其收割。我好像又看到了晃动的白炽灯，格外耀眼，我眼前一黑，就在这短短的一秒钟内，我突然想起了这一切。其实，突然而至的浑然无知的死亡并不可怕，可以预见的死亡而又无能为力才会令人感到胆战心惊。我的死因再简单不过了。我在追普拉巴卡兰，就差那么几步就可以拉住他了，我闻到了他身上的那一股烟熏火燎的味道，像熏过的腊肠一样，这是从他那件油腻的制服和他牙缝里散发出来的。我拉住他的那一刹，我还兴奋地笑了笑，泥土一下子冲进了我的嘴巴。泥土铺天盖地地冲了过来。我想问普拉巴卡兰，我到底是不是神经病？普拉巴卡兰没有回答我，我现在不需要普拉巴卡兰的回答也已经找到了答案，我确实是一个神经病，不然，哪有人会拿自己的生命去验证一个答案。

我不明白，为什么所有的人都认为我脑子出了毛病，如果有人能够重视一下我的疯言疯语，如果有人去制止他们的行为，如果……如果……唉！说这些如果有什么用？

你们在听吗？喂，你们再听吗？我还没有说完呢。我大声呼喊。车从我头顶轻快地划过。我眼前一片黑暗。我觉得黑暗的地方才是太阳应该照耀的地方，可太阳的光芒却无法照射到地下面。我坚硬的骸骨终将会化为尘土，我也终将会被世人遗忘，这里发生过的一切也终将会成为过去，没有人愿意提起，慢慢地，也没有人会记得。世界上最可怕的东西应该是人和时间，只有人和时间才可以掩埋一切过往。

连士方的秘密宝藏

1

"豌豆拔过，快黄快割。"布谷鸟嘶哑地悲鸣，还不知疲倦一声接着一声，催促人们抢种抢收。布谷鸟的叫声是庄稼人最爱听的音乐。连士方听了却心生烦躁。他丢下镰刀，双手撑在大腿上忍着疼痛缓缓起身，用手背擦掉额门上的汗，一滴汗像只耗子鬼鬼祟祟"吱溜"一下钻进了眼睛，浸得特别难受。他走到田埂边提起陶瓷壶"咕嘟咕嘟"喝了几口。

天阴沉沉的，阵阵雷声让人感觉到它在使性子耍脾气，有一些焦急有一些迫不及待。黄澄澄的小麦像着了火，风一吹一浪接着一浪。已是正午，他不敢停歇，一停下来整个人都会松松垮垮的，人一旦懈了气再想绷起劲就难了。年轻时这三分地的小麦根本不是事。现在不行了，弯腰都困难。汗湿的衣服贴在身上浑身上下不得劲，幸好不时会有一阵闷热的风掠过，带着丝丝沁人心脾的麦香，他才稍稍好受一些。必须在雨下之前割完。他放下水壶，掀开篮子上的白纱布，拿出一个馒头，很硬，扔出去打狗肯定疼得它"汪汪"地叫着夹着尾巴逃走，他使劲咬了两大口，把嘴塞得满满的，然后把馒头往前面的麦地里一扔，一边嚼一边拾镰刀，攥紧镰刀把儿，屁股朝天撅着，像鸭子钻进水里一样突兀地翘着屁股，裤子绷得很紧，"楚河汉界"分成了两瓣。刷刷刷，镰刀飞舞，整个人没在了小麦中。割到馒头处，他捡起来拍拍上面的土，咬上两口又向前方扔出去。

小麦割了，堆成了垛，盖上了一层塑料薄膜。他想，收了小麦就该种晚花生了，种花生比种其他农作物划算，但是三分田就是种金子也不行，混个肚儿圆都难，要不是大根那五十块钱和平日捡破烂儿换点钱，早就没米下锅了。连士方的心情像这阴郁沉闷的天，他拼命想，搞啥营生呢？然后又在心里一个一个的否定。他在监狱里做鞋，这活儿看似轻松实则辛苦得很，一坐就是一天，给鞋底鞋面上线要人工一针一针地上，时间长了胳膊手指酸麻酸麻的，手上的老茧厚得掐不动，干这个活还要能忍住渴、憋住尿，不然一天的任务就完不成。他一干就是三十年，他闭着眼睛也能做出一双鞋，可一想到钱他又否定了。他思忖自己提前释放是不是一种罪过，早知这样，还不如关在里面不用为一日三餐发愁。

2

王国庆通知连长生接人，连长生在院子里给毛驴喂草，双手拍拍灰又在衣服上慌乱地擦了擦，颤抖着掏出一支烟来，笑褶着脸说，啥风把村主任吹来了。王国庆眯着眼，肥嘟嘟的脸上只剩下一条缝。他说，长生，你二叔回来了，你去派出所接一下。连士方判的是无期徒刑，连长生以为他会老死在监狱里，没想到像天外来客无端端一下子冒出来，让人接受不了。连长生把烟塞进烟盒揣进了裤袋里，扭过身子拾草喂驴，梗着脖子说，他死活与我何干，我不接。连长生的动作一气呵成，王国庆接烟的手停在半空，然后很自然地捋了捋稀疏的头发，他拉长了脸，像连长生喂的驴，生气地说，话我带到了，是你二叔，又不是我二叔，接不接是你的事，跟我有啥关系。说完，双手撑着车把儿，右脚猛地踢开支架，左脚踩在踏板上滑了两滑，抬起右腿跨上去，骑着那辆崭新的飞鸽自行车走了。毛驴突然打了一个响鼻，把连长生吓了一跳，他骂了一句"妈拉个巴子"，把草往驴头上一砸，背着手进了屋。

连士方是天快黑时自己扛着一圈棉被回来的。连士方打量四周，地还是原来的地，房子还是原来的房子，只是周边的树长粗长高了。

第二天一早，王德芬打开门，吓得"啊"地惊叫一声。门口倚着一个瘦老头，一床破棉絮把自己裹得严严实实的，只露出半张脸。连长生听到叫声赶紧跑出来，他看了半天才认出连士方，很落魄，很苍老，已没有当年的威武。连士方一眼就认出了连长生，说长生，我呀，二叔。连长生没有说话，扭头进了院子。连士方抱着那床破棉絮跟了进来，从王德芬身边走过时，冲她很绅士地点点头。

连长生不要连士方，又不是他亲爹，凭啥要他养老送终。连长生是个人精，比如说他上街顺便让他带斤葱，他会偷偷抽出几根自己用，你让他帮忙带几斤油条他肯定会在半道上偷吃两根。连长生不要连士方，他的三个儿子也不要连士方，他们多少遗传了连长生的一点基因，一个老头子要了有什么用，要钱没钱、要地没地、要劳力没劳力，一天还管三顿饭，有个伤风感冒的还得出医药费，死了还得安葬。这个账咋算都是亏本买卖，亏本买卖谁做谁是傻瓜。连长生不是傻瓜，三个儿子也不是傻瓜。三个儿子都说，别说不是自己的亲爷，就是亲爷也没有让孙子养的道理。大根没办法，只好跟连士方商量，要不你去村里敬老院吧，管吃管住还不用干活，一群老头老太太没事就是晒太阳打纸牌，日子舒坦着呢。连士方不高兴了，黑着脸说，去那里的都是无儿无女的孤寡老人，我又不是孤老，我有老婆孩子，我去那里干什么。王德芬小声嘀咕，有老婆娃子呀，那还赖着不走，让你儿子养你呀。连士方耳朵不聋，听见了，接过话茬说，我老婆儿子在台湾，我现在回不去。王德芬还想说什么，被连长生瞪了一眼，不敢吭声了。

连士方不去敬老院，连长生爷儿四个又不愿意养。大根做了半天思想工作，还是没用。大根思忖半天，说长生，要不这样，队里拆仓库时剩下一些碎砖，能用的你就拉一些用，另外队里送你二叔五根椽子一卷油毛毡，你当侄子的帮你二叔盖一个小屋总行吧。也不让你白盖，队里给你家记义务工分。我个人出五十块钱给你二叔当生活费。说着就掏出一个皮夹子，抽出五张"大团结"递给连士方。连士方推了推，拿了。王德芬张嘴想说什么，被连长生一眼瞥了回去，喉咙处滚动几下没吱出声。大根虽说是生产队长，但毕竟是个外人，自己还是亲侄子，再叽叽歪歪就显得太不是人了。

　　连士方的小屋建起来了，紧贴着连长生家的院墙，墙里面是连长生的猪圈。小屋里面支了一张旧床，还贴墙砌了一个灶，吃住都在这里了，总算有个窝了。他就怕下雨，雨落下来油毛毡发出"嗵嗵嗵"的声音，就像在耳边，很响。有时他还担心掉下来的树枝会把这层油毛毡砸穿，砸在他的头上。每晚他要枕着猪的哼哼声入眠，他老感觉身上有跳蚤，他敢肯定是从猪圈那边跳过来的。

3

　　胡宝芝坐在院子里纳鞋底，她看了一眼刘华子脚下的半高跟皮鞋，一脸的羡慕，说，看你多有福气哟，你家海涛在供销社开车多挣钱啊，我是瞎了眼睛嫁给了连明，除了种田，屁本事没有。

　　刘华子的公婆才五十几岁，身体棒得像年轻人，把田里的活大包大揽了，她从来不用下地干活。她左手托着几粒木瓜籽，右手拣起一粒送到嘴边停下来，说，这还不是怪你自己，守着金疙瘩咽糠饼子。

胡宝芝翻了她一个白眼，说，还金疙瘩，嫁到他家来就分了这三间小瓦屋，连堂屋那口缸还是分家时我抢过来的。

刘华子“噗嗤”笑了，说你净抢这些没用的，有现成的印钞机不要，要了你也不用自己纳鞋底了。

胡宝芝又白了刘华子一眼，说去去去，少拿我开心。

刘华子很认真地说，你家真有一个聚宝盆，我要是能扯上一星半点关系，我就会跟你们争。

胡宝芝噘着嘴说，这家底我还不清楚，连个铜钱都没几个，还聚宝盆！

刘华子说，你二爷你为啥不要，他就是聚宝盆，你要是抢晚了，杨梅、胡菊娃就要抢走了。

胡宝芝一脸的不屑，说，那个死老头子还聚宝盆？队里只给他分了三分闲人田，还是没人要的边角料田，他自己的嘴都糊不住，还聚宝盆！那两个媳妇子精得跟能豆妈一样，她们才不会要，她们要我还巴不得呢。

刘华子小声说，你还不知道吧，那老头会做皮鞋，这手艺可紧俏得很。

胡宝芝眼睛里有了光芒，带着疑虑问，你说他会做皮鞋？真的假的？

刘华子说，可不是嘛。是这样，那天我家的那只麻花鸡跑进了他屋里，我过去抓，他坐在床上锯一个破轮胎，是汽车那种大轮胎。我问二爷你在做啥呢？他说做鞋底子。他说他坐牢时学会了做皮鞋，如果手里有几百块钱就可以买做鞋机。

胡宝芝听得走了神，针扎破了左手中指，忙放进嘴里吸，血水忘了吐咽进了肚，眼睛却死盯着刘华子，说你可不许骗我。

刘华子肯定地说，我听得真真的，哪个骗你嘛。你要是再犹豫，老头子可就真让人抢走了。

刘华子装不住话，刚跟胡宝芝说了，转身又跟杨梅、胡菊娃说了。三妯娌为了抢老头儿，吵吵嚷嚷一通大闹。三个媳妇都不是省油的灯，哪个都得罪不起。当年分家连盘子碗都要平均分成三瓣，多出一个或两个宁愿砸了也不会让谁占便宜。三个儿子在媳妇面前大气都不敢喘一个，谁插一句嘴就砸一件东西。连长生王德芬更不敢插嘴。王德芬刚进门时整天低眉垂眼小心伺候公婆，公公婆婆一死，以为熬成婆了，现在好了，整个天又倒过来了，新媳妇一进门就成了祖宗，一家人小心翼翼地伺候，稍不顺心就会闹翻天。

连长生把村里几个能说上话的老辈人请来了，治保主任、妇女主任、大根都请来了。前几年分家他们也来过，三个媳妇见识过了，十里八村难找，不是连长生说尽了好话，他们才懒得管这种闲事。

胡宝芝泪眼婆娑地说，我家三个娃子，连明又没本事挣钱，家里过得愁死个人，大人倒无所谓，总不能让三个娃子吃不饱饭吧。说完故意当着众人的面撩起衣服把那干瘪瘪的奶子塞进小三子的嘴里，小二子赤着脚站在旁边盯着小三子吃奶，两砣鼻涕流了出来，食指伸进嘴里吸吮着。她叹了口气说，自从嫁过来过得不是人过的日子，哪次坐月子不是我娘家人送来两只老母鸡和一只猪蹄子，就这肉还让连明吃了，我只喝了几口汤，月子一过一天三顿见不到一点儿荤腥，这营养哪里跟得上，大人没营养就不出奶，你们看小三子瘦得跟小鸡子似的！小三子吸了半天吸不出奶，哇哇地哭了，胡宝芝给小三子换个奶子喂，用手抹了一把眼泪，悲凄凄地说，老爷子我要了也不是要他帮我家干多少活，我和连明出去干活，家里总得有个人看个门吧，帮忙看一下孩子呀。我不要老爷子也行，那老爹老妈过来一个给我们带孩子。

　　孩子是大人们的心肝肉胆，胡宝芝拿孩子说事果然有效。胡宝芝说的是实情，三个娃子至少得一个大人带，连长生两口子也要吃饭过日子，哪有时间和精力帮他们带孩子。胡宝芝肚子里的那点小九九傻子也看得出来，但胡宝芝说得又是那么合情合理。连亮、杨梅有两个娃，还有一台手扶拖拉机，农忙时可以帮人耕田碾麦子挣钱，日子过得很美气。连清、胡菊娃结婚两三年了，还没有打算要孩子。她们明显比胡宝芝家要好过一些，她们找不出理由来反驳。胡宝芝吵架很有水平，看似胡搅蛮缠又似有几分道理。这就是胡宝芝的厉害之处。胡宝芝娘家老妈外号"长脊佬"，"长脊佬"就是那种黄色的大马蜂，一旦惹了她就算捅了马蜂窝。胡宝芝受其熏陶尽得真传，从嫁到连家就没有安宁过，总要找个由头练练嘴，就连隔壁的狗咬了她家的鸡也能骂上半天。婆媳间妯娌间邻里间龃龉不断，时间长了，王德芬怕，杨梅、胡菊娃怕，隔壁四邻也怕，王德芬战战兢兢、如履薄冰，生怕得罪了这个大儿媳妇，那可是捅破天的大事儿。

连士方让胡宝芝抢到手了。还签了一份赡养协议。由连明家负责连士方的生老病死，与他人无关。协议书一式三份，连长生一份，连明一份，大根代表生产队留一份。

第二天，胡宝芝就让连明跟连士方去城里买鞋机、鞋模、鞋样、鞋材料。她回娘家借了五百块钱，准备大干一场，她要进够做两百双鞋的材料，连明劝少买一些，胡宝芝吼道，一个大男人做事婆婆妈妈的。连明被她呛了一顿，不敢再说话了，这些年他也习惯了，对付胡宝芝最好的绝招就是装聋作哑，不然这日子一天也过不下去。

4

农村人真是有钱了，做一双皮鞋二三十块眼都不眨一下。不干活时走个亲戚串个门穿双皮鞋，美气得很。胡宝芝看着来做鞋的人笑得合不拢嘴。胡宝芝得意地说，是不是，是不是跟我想的一样，现在哪个出门不穿牛皮鞋，穿出去多有面子。连明看看脚下的皮鞋，又看了看胡宝芝的皮鞋，鸡啄米似的点头，冲着胡宝芝竖大拇指，笑呵呵地说，还是老婆厉害，娶了你是我上辈子修来的福气。胡宝芝说，要真是这样，要不了几年我们就可以盖新房子。

连士方除了睡觉在自己的小屋子里，白天都在连明家，来定做皮鞋的人多，他一刻也没有闲着。他一边做鞋一边哼着小曲，声音很小却听得出是欢快的旋律。一日三餐由胡宝芝弄，胡宝芝对他态度也好，二爷长二爷短的，还给他买了二毛钱一包的香烟，中午晚上喝那种五毛钱一斤的小窖子酒。他觉得自己活得像个人了。

　　日子像汉江水一样轻轻舐过两岸，转眼就跑得很远很远了。连士方跟着连明家已有三年，连明家挣到大钱了，拆掉了三间小瓦房，原地盖起了三间"钥匙头"大瓦房，前面还盖了一间厨房。主要还是"钥匙头"气派，房子最边的一间往前伸出一大截，比另外两间要长，显得宽敞一些，这个造型明显跟别人家的四四方方的齐齐整整的房子不一样，房子就是要跟别人家的不一样，如果都千篇一律又看不出气派了。胡宝芝还让砌匠给房子里的墙面刷上了一层石灰粉，地面是水泥地，堂屋中间装了一台钻石牌吊扇，墙壁上还装了一根又细又长的荧光灯管，晚上亮了就像一道白杠子，明晃晃的，村里人哪个不眼红哟。

　　杨梅、胡菊娃就眼红了，她们说二爷不是你一家的二爷，能给你做也能给我们做的，以后做鞋的利润我们三家三一添作五平分。胡宝芝挺了挺胸脯，"咯咯咯"的笑，像刚下蛋的老母鸡有那种功成名就趾高气扬的气势，杨梅、胡菊娃听了心里发毛，吵起架来她俩加起来也不是她的对手，胡宝芝没有像以前一样一点火就爆，反而很平和，眯缝着眼睛看着她俩，像一个平易近人的领导，她把那份赡养协议书拿出来往她俩眼前一晃，轻柔地说，喏，怨不得别人了，当初你们不跟我争，现在看我挣着钱了才跟我争，晚了。话说得很轻却很有力道，针尖似的扎得杨梅和胡菊娃很痛却又不能叫出声来。胡宝芝扬着协议书，扭着屁股走了，很嚣张。

胡宝芝的张狂没过多长时间，格局一下子就变了，这是她意想不到的。

乡里的小街一扩再扩，以前只有一家供销社卖东西，两三家做生意的，现在好了，个体户越来越多了，卖的商品琳琅满目，价格适中，穷的富的都能挑上适合自己消费的商品。找连士方做鞋的渐渐少了，只剩下那些上了年纪的人和一些庄稼汉了。他们说，连士方做的皮鞋是真皮，街上卖的是人造革的，连士方做的鞋底是轮胎磨的，底和面用牛筋线串上的，穿几年都不会烂。年轻人看法就不一样了，他们说结实是结实，就是样式太老土，不时髦，鞋底还是轮胎做的，又厚又重丑死了。还是街上的鞋好看，样式新款式多，有挑头。连士方尝试着改样式，还是没多少人过来做，反倒积压了一些材料。连明看这样下去不行，就不想做了，想把机器设备转手，少折些本钱。连士方不同意，他说，我做的鞋子质量好，街上卖的鞋不耐穿，他们吃过一回亏就会再找我做。

总的来说，这样的结局让胡宝芝有些猝不及防，胜利的果实她还没有好好品尝就被人活生生地抢走了，她像连士方一样有些不甘心，可是让她失望的是，钱也投了，鞋样也改了，生意还是那个老样子，一个月也做不了几双鞋，还得让她天天好酒好肉地伺候连士方。胡宝芝有些不高兴了，脸也挂不住了，在饭桌上也摆脸嘴子，拿筷子放碗搞得动静很大，像是要吃人，还经常莫名其妙地骂连明，有时连鸡狗猫猪都骂。连士方是个聪明人，他听出来了，他知道他就像胡宝芝整天敲得梆梆响的破破烂烂的鸡食盆，不值钱了。

连士方毕竟上了年纪，受不了给他脸色看，心里堵着一股气，气不顺了身体也经不起折腾，一阵风就把他吹倒了。胡宝芝还不让连明送他去村卫生室看，连明知道吵不过她，偷偷拿了点药回来。连士方身子骨一天不如一天，有时连明下地干活不回家，胡宝芝就不喊他吃饭，等他来到厨房时什么也没有了，还冷锅冷灶的。连士方希望自己能早一点死，死了就不遭罪了。

连士方有一次当着连明和胡宝芝的面说，不中用了，为啥阎王爷不要我呢？死了就不会祸害人了，死了就享福了。胡宝芝接着话直愣愣地说，大河没围栏杆，井没盖盖子，想死还不容易？连明瞪了一眼胡宝芝，又用手悄悄扯了扯她的手。胡宝芝甩掉连明的手，气呼呼地走了。连士方心里很难受，回到自己矮塌塌的小屋子里，找出一根绳子往房椽上一串，打一个死结，头往里面一伸，可是房子太矮了，绳子套住了脖子脚却在地上。

5

胡全谱回来了。台湾当局开放部分居民赴大陆探亲，胡全谱迫不及待地踏上了探亲的旅程。他想着叶落归根，这次回来他不打算再回台湾了。

连士方知道胡全谱回来了，挂着一根笨拙的木棍，颤巍巍地过来了。两人相拥而泣。胡全谱根本不像一个七十几岁的人，保养得好，像五十来岁。胡全谱扳着连士方的肩膀仔细端详说，大哥，这些年你遭了罪了，身体咋弄成了这个样子。两个人说起了过去又说到了现在，说着说着笑了起来，说着说着又抱头痛哭。像两个神经病。

胡全谱说，他现在住在大侄儿家，三个侄子家轮流吃饭，侄儿和侄媳待他比待亲爹还好。我知道，他们在哄我的钱。我这次回来给三个侄子一人一万，八个孙子一人五千，还给三个侄子家各买了一台十四英寸的电视机。

胡全谱凑近连士方低声说，就为给钱这事他们闹起了矛盾，说我给钱不公平，人口少的说要按户给，人口多说要按人给。这两天他们又在张罗给我介绍老伴，想把我长期留在这里。说实话，我是真想留在家里呀，可是我怕他们之间再闹出点什么事。胡全谱说，过几天我就回台湾了，再也不回来了。连士方看得出他也被侄子们折腾得够呛。胡全谱又把嘴巴凑到连士方的耳朵边小声叨叨，连士方又摇头又点头。

第二天，连士方还躺在床上没起来，就听见胡宝芝把猪食盆敲得咚咚响。胡宝芝正骂着猪，一个面容清癯的老头走了过来，胡宝芝不由得"嘘"了一声。老头戴着白礼帽，上穿白衬衣下穿黑裤子，一双黑皮鞋锃亮得能照出人影来，右手拄着一支文明棍，左手提着一大堆营养品，好气派。他问连士方家在哪里。胡宝芝堆着笑说，我二爷在睡觉哩，你老先坐，我去喊他。

连士方被胡宝芝叫了过来。连士方与胡全谱两人一见面拉上了手。胡全谱握着连士方的手说，你不该回来呀，我现在的退休金是八百美金，钱多得用不完，家里请了两个保姆照顾我。胡宝芝在一旁给猪搅猪食，嘴里"嗯啦嗯啦"唤猪吃食。胡全谱说，你不该回来呀，你在台湾的老婆也带着儿子改嫁了。连士方老泪纵横，说怨不得人家，我一走这么多年没有音信，一个女人带个孩子过得太难了，只要她过得好就行。胡全谱说，只是你好端端的一个家就这么散了，你儿子也跟了人家的姓，现在都是四十好几的人了。

胡全谱又说，看你的样子这些年过得不怎么样。

连士方"唉"了一声，什么也没有说。

胡全谱四周看了看，眼睛扫到了胡宝芝，胡宝芝赶紧把目光收回来，继续搅猪食。胡全谱低声说，你离开大陆那年不是埋了一笔黄金吗？怎么不拿出来用。连士方面容凝重，像是触及了他的伤痛，一股莫名的惆怅涌上心头，他抬起头望着天，待了一会才说，这么多年过去了，我都不记得了。胡全谱急切地说，怎么能不记得呢？一定要想办法把它取出来，你以后的日子不也好过了。连士方露出苦笑的表情，头像拨浪鼓不停地摇。胡全谱见得他这副表情，不好再说什么，只好转移了话题。胡全谱问，过几天我就要回台湾了，你有没有什么要带给你老婆儿子的。连士方连连摆手，说不用不用，人家过得好好的，我不能再去打扰人家，如果他们问起，你就说我死了好几年了，免得他们挂牵。胡全谱频频点头，说苦了老哥你了。连士方两行浊泪顺面颊流下。胡全谱走时还拉着他的手，一再叮嘱，你一定要守住秘密，按我说的办。

　　胡宝芝是一路小跑去找连明的。胡宝芝看了田四周都没有人，一把把连明拉到身边。胡宝芝长吁了两口气，平息了一下心情，说，你知道上午谁来家了？

　　连明说，那我哪里知道。

　　胡宝芝说，胡全谱过来了。

　　连明"哦"了一声说，你是说从台湾回来的胡全谱。

　　胡宝芝点点头。

　　这有什么好奇怪的。连明说，他和二爷是战友，当年他们一起当的兵，一起读的黄埔军校，一起去的台湾。

　　胡宝芝眨眨眼说，你知道他有多有钱？

　　连明说，知道，早就听说了，听说他这次回来给他那些侄子侄孙们好多钱。

　　胡宝芝很得意地说，我听到他亲口说的，他一个月的退休金有八百美金，八百美金呀，美金比我们的钱值钱，听说人家美国人的一块钱能换我们中国钱七八块呢。你算算，一个月就有六七千，乖乖，我们拼死拼活几年也没有人家一个月多呀。胡宝芝扳起指头给连明算起了账。

　　连明说，人家再多也是人家的，也不会给我们一分，谁让咱二爷当年回来了呢？要是他当初不回来。说着，连明摇摇头叹了一口气，说，让我把这块地薅完，草哗啦啦地疯长，都盖过庄稼了，如果草是庄稼就好了。他往手里"呸呸"吐了两口唾沫，拿起锄头开始薅草。

　　胡宝芝一把抢过锄头，使劲地往地上一扔，"咣当"一声溅起一股烟儿。胡宝芝说，薅薅薅，你就是薅上一百遍又有什么用，还不是发不了财。连明愣住了。胡宝芝又说，你想不想知道我还听到啥了。她控制不住"咯咯咯"地笑了，又忙用手捂住嘴巴，生怕人听见似的。

连明也有些不耐烦了，说，你今儿发什么神经，神神道道的。

胡宝芝板着脸说，你给我待着别动，听我说。

连明被胡宝芝一唬就老实了，忙说，你说你说。连明怕胡宝芝，一是胡宝芝脾气大，居家过日子就怕她吵闹，丢人呀；二是每次从她娘家回来都不空着手，不是一袋大米就是两筐番薯，有时她妈还会偷偷塞给她几十块钱。连明对此心知肚明，这样一来连明就缺了一把火，在她面前矮了半头，但是他却摸出了一个规律，只要胡宝芝一高兴他就趁机说上一两句硬气的话，胡宝芝一生气他就放下身段，一副可怜巴巴的样子，让胡宝芝气生不起来。

胡宝芝说，咱二爷比胡全谱有钱。胡宝芝说"咱二爷"时还加重了音。我听见胡全谱向二爷打听宝藏的事。

连明瞳孔放得老大，一把把胡宝芝的手抓住说，你是说我二爷藏有值钱的宝贝。

胡宝芝的手被连明捏痛了，把手抽出来，眼睛狠狠地剜连明，严肃地说，我听得清清的，他问二爷当年去台湾时在四川埋的黄金怎么不取出来用，胡全谱走时还要二爷守着这个秘密。

连明拍了一下大腿说，发啦发啦，我们发了。连明若有所思，瞅着胡宝芝说，我现在担心二爷会不会记恨你，妈的，鸡猫狗见识，天天盯着眼前的一点事，现在好了，二爷有这么一笔宝贝，他会不会跟我们说埋在哪呢？

胡宝芝像个做错事的孩子，竟不敢顶嘴了。胡宝芝快快地说，谁知道他还藏有宝贝呢。连明紧锁眉头，想了半天才说，你说二爷在台湾的老婆带着儿子改嫁了。胡宝芝点点头。连明又拍了一下大腿，说，有门，二爷现在也没有亲人了，我们是他最亲的人，他不给我们给谁。连明内心亢奋了，他极力掩饰，他在心里说，二爷不愧是黄埔军校出来的，这么多年从来没有提起过这事，他肯定不会说的，怎样才能撬开他的嘴呢？连明陷入了沉思。胡宝芝推了他一下，傻想什么，还不去找你二爷。

6

连明钻进了连士方的小屋。连士方半躺在床上看《炎黄春秋》。他亲热地喊了声"二爷"。连士方"嗯"了一声，准备起床。连明用手制止了，说，二爷你躺着，问你个事。

连士方说，啥事。

连明笑着说，你没去台湾时是个啥官。

连士方说，少校。

连明又问，少校是多大的官。

连士方解释说，就是营长。

连明故作一惊，重新打量连士方，像盯着素昧平生的陌生人。营长呀，那不是要管几百上千人，当那么大的官不是要捞很多钱。

连士方说，兵荒马乱的能活命就不错了，哪里有钱？

连明眨了眨眼提示，比方说你有没有收藏什么值钱的宝贝呀、古董呀。

连士方盯着连明说，你是不是要问我有没有藏过一笔宝藏。

连明被盯得有点儿瘆得慌，幸好是自己的二爷，他咧嘴笑了，说还是二爷厉害，一眼就看出来我想问啥。

连士方说，刚才连亮和连清俩兄弟也来过，他们也问了这个问题。我告诉你，没有的事，你不要听外面瞎说。

连明急了，说无风不起浪，空穴不来风。宝芝都告诉我了，胡全谱那天过来找你是不是向你打听宝藏的事？

连士方连说，没有没有，不要听外面瞎说，有我早就给你们了。

连明说了半天，连士方就是不承认有宝藏。晚上，连明两口子翻来覆去睡不着，床板压得咯吱咯吱响。

三兄弟决定全家人出马共同"围剿"连士方。

胡宝芝炒了一大桌子菜，把连士方请来了，当然连长生、连亮、连清、王德芬、杨梅、胡菊娃都来了。连士方知道这顿饭的意义，他低头吃菜，一直不说话。酒过三巡、菜过五味，连明按捺不住了，他用脚在桌子下面轻轻踢了踢连长生。

连长生说，二叔，外面都传疯了，都说你去台湾时在四川埋了一笔宝贝，你还说没有。

连士方口气坚决地说，都是外面瞎说的，没有的事。

连长生忍不住说，不是我做侄子的说你，老说没有，为啥以前没人说，胡全谱一回来就说有了。连士方什么也不说，低着头吃菜。

连长生有些生气了，二叔，那你说胡全谱过来找你干什么，他为什么不找我，没有他会说你有，为什么不说我有。为啥子胡全谱侄子也过来找你，我看你是想把宝贝给外人也不给自己人啊。连长生话说得很重。连长生又说，二叔，让你三个孙子把它挖出来，我们一大家子人也不用受穷了。

胡宝芝说，二爷，说句你不喜欢听的话，你都是黄土埋到脖子根的人了，说不定哪天就走了，你真打算让这些宝贝埋在山里？

连长生接着说，二叔，你听听，芝这话说得在不在理儿？宝贝你也带不走，埋在山里还不如给我们。连长生明显生气了。

连士方逼得没有办法，说，既然这样，那我就带你们去找。找不到可不要怪我。一家人听了连士方的话高兴万分，一起举起酒杯敬他。

连士方说，那是撤离大陆时埋下的一笔物质，有黄金白银也有武器弹药，装了满满的十卡车，当时是我指挥一个排的兵力运送的，东西装进山洞后，那一个排也上战场了，全部打死了没一个活口，现在只有我和几个上级知道这个事。

7

连士方要去四川寻宝的消息很快就传开了，大家都羡慕，一旦寻了这笔宝藏，不要说村里了，就是在乡里县里也没人能有他们家有钱。王国庆还带着派出所的两个民警过来调查，还做了笔录，但是这只是外面的一种说法，又不是犯罪事实，他们也没有办法，他们只是警告连士方，如果真有宝藏要主动向政府报告。

这一段时间，一家老老少少对连士方客客气气的，三个孙子孙媳妇围着他转，像伺候祖宗一样没有一丝怨言，让人觉得这殷勤居心叵测，明显隐藏着阴谋诡计。都说，二爷，您爱吃啥就说。连士方说，你们吃啥我吃啥，吃什么都好。除了早餐是稀饭油条馒头外，中餐晚餐顿顿都有鸡鸭肉鱼，连士方吃少了，他们还生气，说二爷你不把身体养好怎么带我们去寻宝藏。

连明弟兄三人各贷了三千块的款，加上他们东借西凑的钱有一万多，钱够了就催连士方出发，连士方总是以这样那样的理由推。几个孙媳妇就有话说了。胡宝芝是笑着说的，她说，二爷，你可是天天大鱼大肉吃着，顿顿小酒咪着，可不能等钱都吃完了还没有动身呀，这一大家子人都指望你呢。说得连士方的脸红一阵白一阵的。

一拖就拖过了春节。连明说，二爷，年都过了，去打工的人都出门了，我们是不是也该出门了，等树叶都长密了，山是一样的山树是一样的树，就不好找了。

过了正月，连士方带着三个孙子出发了。连长生还特意放了一挂长长的鞭，炸得院子里里外外都是红纸屑片儿，厚厚的一层，踩在上面软绵绵的。就连院子里的那头毛驴也在欢送他们，嗯啊嗯啊地叫。连士方一大家子人像过年一样，一身崭新的衣服，头上落了几片红纸屑儿，喜庆得很。村里人都过来看热闹，满眼都是羡慕。胡宝芝还特意描了眉毛涂了口红，嘴巴猩红的像喝了人血。

连士方因长途跋涉舟车劳顿，走了一路吐了一路，吃啥吐啥，还拉稀发烧。他又病倒了。三个孙子忙前跑后，请大夫开方子拿药，晚上热水泡脚，三个孙子抢着给他洗脚按脚，把他送进了当地最好的医院，连士方还是不行了，三个孙子抱着他哭，连士方也哭，连士方光流眼泪却哭不出声，嘴巴抖动想说什么，喉咙咕噜咕噜响，听不清说什么。

连家三兄弟回来时，个个衣衫褴褛、神情憔悴，明显能看出他们的沮丧。连明抱着一个方形盒子走在最前面，眼泪顺着面颊往下流。连长生披麻戴孝神情肃然，双手举着一个巨大的花圈站在门前，那些白白黄黄的花被风吹得发出窸窸窣窣的响声。花圈两边悬挂着白底黑字的挽联，写着"出师未捷身先死，长使英雄泪满襟"。院子里也是素花环绕，气氛庄重肃穆。王德芬低着头不停地擦拭眼泪，胡宝芝泪水放纵地流淌，哭声像凄婉的歌，只是腔调太过悲凉。

胡全谱接到大侄子的电话，说连士方带着三个孙子去四川寻宝，刚过去就病倒了，他没能扛过去，不过人走时没有遭罪，算是油枯灯灭，葬礼办得很排场。胡全谱连说，这样好这样好。

寻宝无疾而终，连长生父子四人也安心了，连明胡宝芝老老实实地种地，偶尔也接几双鞋做。连亮贷了款又换了一台神牛 25 拖拉机。连清两口子去广东打工去了。

　　在外打工的人挣着钱了，好多打工的回来都盖起了二层楼，噼里啪啦放起了鞭炮。每当这时，胡宝芝总会露出不屑的表情，自言自语道，要是咱二爷活着，我们早就盖楼房了，盖的还是三层。

1

1

秀才的笔

1

甜甜要过三周岁的生日，父母对尚全说，你就这么一个娃子，不趁这个机会摆酒，往后就要等到她考大学了。老人家的话不中听却在理儿，这些年没少为红白喜事送"份子钱"，这些钱不是大风刮来的，当然要找一个适当的时机收回来。尚全跟玲子商量，决定在老家给女儿过生日，老家的东西样样都比城里便宜，许多蔬菜都有种，可以省一笔开支。

尚全和玲子提前两天回到老家。摆酒要开锅动炸，一家人忙不过来，还请了大厨、配菜师傅、隔壁邻居过来帮忙。

猪提前一天杀好，其他肉类、青菜也准备得差不多了。尚全要去买一些葱姜蒜八角花椒桂皮十三香之类的调料，大厨发子说吃菜就是吃作料，作料不重菜就不出味。

街上有些萧条。按理说现在是农闲，逛街的人应该很多才是，可是今儿却不见几个人，尚全觉得怪怪的。他问菜贩子，为啥街上人这么少。菜贩子咧嘴一乐说，一看就知道你在外面工作，不知道家里的情况，现在这个时间都去"动物园"买码了。动物园买马？尚全糊涂了，啥时候有了动物园。菜贩子把嘴咧得更大了，探近身子说，"动物园"就是卖码场，因为码是一种动物，我们都叫它"动物园"。你买码时下注下得越大，中了你就赚得越多。见尚全还是很疑惑，菜贩子用嘴向东努了努，说你去刘正明旅店看看就知道了。

尚全还没走到刘正明旅店，就看见店前被围得水泄不通。一个女子拿着高音喇叭，撇着腔调喊，赶快买啦，买多赚多啦！一群人围着墙上一张红纸指指点点窃窃私语。"动物园"就是一个卖码场，由庄家出谜，谜面是一些似是而非的"歪诗"，像七言音律朗朗上口，"猜谜"规则不受限制，买码的人根据谜面内容、字意、谐音等展开联想猜谜底，谜底就在三十六种动物之中，谜面让你觉得既像这个又像那个，要想猜中完全靠蒙，买码的人往往选中一个或是多个动物下注，等到放码时，庄家当着众人的面取出谜底，猜中的凭"投注单"向庄家领取投注额一比四十的"奖金"。

尚全对这个不感兴趣，挤出人群往家赶。没走多远，身后传来一阵鞭炮声，有人买中了码在庆贺呢。鞭炮声有很大的引诱作用，让人听了有买码的冲动。

生日宴结束了，客人们坐着喝会茶聊会天就走了。客人都走了，就剩下几个帮忙的人，院子一下子空了许多。尚全掏出烟递给发子，两人有一句无一句地聊着，不觉就聊到"有奖猜谜语"上了。发子不说"有奖猜谜语"，他也叫"动物园"。他说，现在的人看上去能得很，其实傻不拉叽的，"动物园"害得人没心思干事，想不劳而获。发子把烟蒂掐灭扔掉，从地上的扫帚上折下一根竹签，剔着牙说，买码就是赌博，十赌九输，有多少钱送多少钱，个个都想赚钱，那么容易赚人家吃屁呀。发子从牙签上抹去一小块肉末，抹在椅子腿上，接着捂着嘴剔牙，说话的声音有些含糊不清。他说，四队刘小五整天买码不干活，他老婆跟他干了几架他不听，后来喝农药死了。两人结婚不到一年，娃儿都没一个，老婆娘家的人来了，把他家里的柜子呀门呀窗呀电视呀都砸烂了。就是前半个月的事。发子喝了一大口茶水，在嘴里"咕嘟咕嘟"几声，把漱口水吐在地上，啧啧嘴说，七队的王鸭子天天买码不顾家，老婆丢下两个娃子去广东打工再也没有回来，去了一年了连个音讯也没有，有的说在那边又找了一个男的，有的说在那边做小姐，说什么的都有。

一旁捡碗筷的黄三女子手慢了下来，一对大奶子不停地颤抖，气呼呼地说，该他狗日的背时，哪个叫他要去买码的。黄三女子三十岁不到，已是两个娃儿的妈了。农村的妇女一且结了婚好比见过了世面经历了世事，不像姑娘时代知道拘谨和矜持了，生娃以后变得放肆任性，说话带有朝天椒的火辣，有时说荤话能把男人呛得脸红脖子粗落荒而逃。

刘萍娃子跟着说，活该。王鸭子是自找的，两个娃就遭罪了。你在城里不知道，好多人为了"买码"搞得夫妻不和，有的倾家荡产妻离子散，祸害好多人！派出所的只知道吃干饭，在他们门口开都不去管一下。

黄三女子的奶子还在抖动，左手收拾菜盘，右手从盘子里抓了一颗兰花豆喂到嘴里，一边嚼一边说，你们不知道的我知道的，派出所的收了人家的钱咋会去管？

刘萍娃子说，谁不知道呀，他们每个月都给派出所交钱。老四，你在外面不知道，下面黑得很，只要给钱啥事都能办。牙齿把大郝营的一个人打成了植物人，住了半年医院死了，他给派出所交了十五万就不再追究了，说是民事调解处理了。尚全不信。黄三女子跟着说，老四，你别不信，这是真的，只要你舍得花钱，有钱能使鬼推磨，没有啥事办不成的。她又说，老四，你不是个秀才嘛，写写他们。尚全没有说话，只是笑了笑。

女儿过完生日，尚全回到城里。尚全在办公室没事干，又想起了"动物园"的事。两天后，当地报纸以"读者来信"的形式刊发了尚全的稿件《乡村另类"动物园"祸害村民不容小觑》。尚全万万没有想到自己随意写的一篇新闻稿，竟然会祸及家人也让他逃遁他乡，数年不敢踏回乡途。如果当时知道会产生如此严重的后果，打死他也不会写。

2

刘集街最火的"动物园"寿终正寝了。被查封的第二天，杨憨子带着两个年轻人径直找来了。尚援朝正坐在邻居尚仁本家的屋顶上翻瓦屋沟。杨憨子的摩托车突突突地开来了，打听尚全住在哪。尚援朝见有人找尚全，以为是尚全的朋友，放下手里的活，顺着梯子向下。杨憨子黑着脸，指着尚援朝凶巴巴地问道，尚全是你儿子。尚援朝为人老实，没有闻出火药味，说是呀，你们找他啥事。杨憨子勃然大怒，双眼圆睁，胡须直立，像三国的张飞凶神恶煞，你儿子干的好事，把老子害死了，十几万的生意都让他给搅黄了。尚援朝听了糊涂了，问道，到底是啥事，你说清楚。杨憨子像汽油瓶子遇上了火，抬腿踢了尚援朝一脚。尚援朝无端挨了一脚，蒙了，像木偶一样杵在那里。

见尚援朝在自己家里被打，尚仁本和帮忙的人都围了上来。尚仁本气愤拿起一把瓦刀，指着杨憨子说，不得了了，到我们尚家营撒野。今天你不把事情说清楚，休想从我尚家营走出去。

杨憨子脸色越来越阴沉，用焦躁的眼光扫了一圈，把尚全写"动物园"而被封掉的事说了一遍。听了杨憨子的话，他们都傻眼了。尚仁本没了脾气，不停地给杨憨子赔不是。杨憨子指着尚援朝恶狠狠地说，老家伙，三天之内不把你儿子交出来，就把你家打个土平。说完被那两个年轻人拽上了摩托车。

天像一块布把整个尚家营给罩住了，黑漆漆一片，只有几处灯火亮着很刺眼，人们早早吃罢晚饭钻进了被窝，整个村子静悄悄的，偶尔传来狗叫声、孩子哭闹声和女人大声呵斥的声音。

尚援朝院子里亮着灯，气氛却是极度紧张的。院子里站满了人，大人们神情凝滞小声叨唠，小孩子们无忧无虑地在人群里钻来钻去。尚援朝蹲在一旁抽着一锅旱烟，像个做了错事的孩子一言不发。他老婆刘培勤不停地用衣服前襟擦拭眼泪，带着哭腔说，这个畜生呀，惹祸的大王，你一个老百姓管人家闲事干啥？几个妇女在一旁安慰她。

面子小了莫说话，力量小了莫拉架。一院子的人都在小声嘀咕，却不敢说出声响来。

刘培勤抽搐着身体，颤巍巍地移到尚树根面前，低声说，他叔，你给拿个主意吧。

尚树根一根头发都不剩的光头在灯光下白亮刺目。他双手叉腰，两肘将披在身上的黑呢子大衣支得老高，很有风范。他当了十几年的村主任，在尚家营是有头有脸的人，他时刻注意自己的形象。大家的目光像标枪齐刷刷地投向他，都用眼睛说话，你给拿个主意吧。尚树根像当年给村民开会一样，清了清嗓子说，客观上讲，老四这么做是替天行道为民除害。但是从主观上来讲，老四做得不对，你管人家违不违法骗不骗人！人家没有强制你买，这是周瑜打黄盖——一个愿打一个愿挨。别人上当与你何干，就是要管也轮不到你管，你算老几？你这样搞不是把人家的财路给断了。他停顿了一下，接着说，我们换位思考一下，换作是我我也要搞你。当过干部的人就是不一样，既有主观客观显得很高端大气，又句句有板有眼、浅显易懂、情理并茂。

人们又开始你一句我一句说话了，都提高了音门，刹那间，就吵成了一片，都说老四不该多管闲事。站在刘培勤腿中间的甜甜听着大人们都在说爸爸不对，她不知道究竟发生了什么，她从大人的表情和语气中感觉到爸爸做了错事，嘟着小嘴巴说，坏爸爸坏爸爸。隔壁刘三奶奶弯下身子，凑到甜甜脸旁问，爸爸咋坏了？甜甜嘴巴嘬得老长，说他写字写到城里去了。甜甜稚嫩带有小大人的口气把大人们都逗乐了，打破了沉闷紧张的气氛。刘培勤一把将甜甜揽在怀里，身体微微颤抖着，低低地啜泣，甜甜用手去擦奶奶的眼泪，一双眼睛睁得大大的，盯着奶奶看。尚树根只说了利害关系却没有说出解决问题的方法，这反倒让刘培勤更担心了。

尚双拿着一包烟给男人们散烟，烟发到大超手里，尚双急切地问，超，你不是也在街上混嘛，你认不认识他们，帮你四哥说说话。大家又把目光齐刷刷地瞄准了大超，但比平日里要和善了许多，刘培勤眼睛一下睁大了，满眼都是期望。大超一直在外面瞎混，营子里的人不怎么待见他，遇上这种事，还得靠他这种二流子。他故意用力咳嗽一声，说四哥这回闯祸不小，那几个人你们不认识我认识。大超眼睛扫了一下四周后，接着说，他们都是街上的混子，那个中年人你们可能都听说过，他是杨家岭的杨憨子，"动物园"明里是刘正明开的，其实是杨憨子开的。尚树根听到那个中年人是杨家岭的杨憨子，不由得吸了一口气，刚才还很有风度的样子，现在双手无力地垂了下来，那件威风凛凛地黑呢子大衣也软绵绵地垂下来，像那个带着一帮残兵败将逃到孤岛的光头，头愈发白亮的刺目。

杨家岭全村都姓杨，以前是土匪村，一村人不讲道理横出名了。杨憨子兄弟九个，个个小学没毕业都在街上混。打架亲兄弟，上阵父子兵。九兄弟很快就打出了名气，后来杨憨子被判了十五年，才放出来不久。回到家的杨憨子再也不能像年轻时一样天天打架，打架又不能当饭吃，总得想法子挣钱养活老婆娃子。不知是哪位高人指点，杨憨子在街上搞起了这个，听说也很来钱，光是请看场子的年轻人都有几十个。大超提到杨憨子个个都把心提到了嗓子眼，咯噔一下不敢吱声了。大超接着说，杨憨子再牛，白天也不敢来我们这里打，我在村里随随便便一喊也能站出几十号人来。大家听了大超的话眉头都舒展了。大超又说，就怕他们晚上来，那时都睡觉了，等我们出来了人家早就打完走了。这样说来确实是一件很严重的事，气氛又紧张了。

尚援朝一直蹲着抽旱烟不吭声。刘培勤又开始用衣前襟擦眼泪，嘴唇不停地抖动，她说抽抽抽，抽了死去，出了这么大的事，一点心都不操。尚援朝还是闷着不吭声，低着头吧嗒吧嗒地抽烟。

尚双不停地抚摸刘培勤的后背，看见老妈焦急的样子眼泪一下子就下来了，她问道，二哥咋还不回来呢？

尚双提到二哥，就像昏暗的煤油灯芯被人拔了一下满屋子都是光芒。大超也来了劲，说二哥出面应该可以摆定。对，老二应该可以摆平，大家都带着虚设的侥幸心理说。

尚援朝有"文武双全"四个娃，老大尚文是小学教师，老三尚双，老四尚全。在这里我们重点说一下老二尚武。尚武人如其名，从小就爱打架，特别是电影《少林寺》《霍元甲》放了以后，哼哼哈哈练起了武把式，在学校也是三天一小打五天一大打，不是他把别人打得鼻青脸肿就是别人把他打得鼻青脸肿。尚武考上县一中，却拿着学费和生活费离家出走了。后来说去了陕西，跟省武协副主席学了五年功夫。有人说他一掌下去能劈碎五六块砖。也有人说他一口气能连翻四五十个空翻。还有人说他在城里工人俱乐部门口被十几个人围着打，他翻转腾挪始终没挪开那桌子大的地，就把那些人全给打趴下了。反正他的传闻很多，说得有鼻子有眼，由不得你不信。

杨憨子走了没多久，刘培勤就给尚武打电话了。尚武跟杨憨子不熟，杨憨子混的时候他在陕西，他回来时杨憨子已进去吃"皇家饭"，他心里也没底，但他不能让家里的老人家担心，说你们不要操心，我会处理的。尚武的这句话让刘培勤心里好受一点，但是这事一天没处理好她心里就一天不踏实。

3

家里闹出这么大的风波，尚全完全不知情。刘培勤怕他又犯浑，一直不让打电话给他。

这天，尚全心里莫名其妙有点慌，眼皮跳个不停。这时大腿一麻，他掏出手机一看是小舅子阿明的电话。你是爷，现在全镇人都知道你是爷。阿明公鸭般的嗓音震得尚全耳朵嗡嗡响。这没头没脑的话让尚全一头雾水，他忙问啥意思？阿明说，啥意思，你闯祸了你晓不晓得，你写个狗屁呀，说人家在街上赌码。尚全这下明白了，说怎么啦。阿明气呼呼地说，怎么啦，跟你啥关系，你写人家搞啥子，真是吃饱了撑的没事找事。你老爹被人打了你晓不晓得。尚全刚要问个清楚，阿明没让他插上话，说这段时间你不要回来，全镇的混子都在找你，要砍死你。听见没有，不要回来。说完阿明挂了电话。

尚全"嗡"一下大脑一片空白，愣了半天才回过神，忙把电话拨回去却一直在通话中，又拨还在通话中。尚全拨了尚武的电话，二哥，我，老四。尚武口气不像往日那么亲切，声音淡淡无味，有些干涩，仿佛吃饭时被噎住了喉咙，一字一字地往外冒，哦，老四，有事？尚全问，二哥，我刚才接到我小舅子的电话，说家里的混子都在找我，说要搞死我，老爹也被打了，你晓不晓得。尚武"嗯"了一声说，这事你别管，我会处理的，这段时间你不要回去，听到没有。

尚武和阿明的话一样，要他不要回去，语气中还带有命令的味道，他意识到事态的严重性。他心里犹如一根刺，不把它拔出来总觉得不痛快，他决定回家看看。他跟玲子说要回去一趟。玲子眼睫毛微微颤动着，很快润湿了，弱弱地说，你回去要给阿明打电话。尚全挤出笑容安慰玲子说，放心吧，有事我就找他。尚全惹下这么大的祸，她担心不已。晚上她和他一样辗转反侧，一夜不曾睡踏实，心里像有一条虫子在蠕动，让她一阵阵发痒发麻，愁死个人。

第二天，尚全下了班车，警惕地朝四周瞅了瞅，都是上街赶集的人，匆匆忙忙的。他沿右道边走，步履沉重心事重重。有认识尚全的，猛然看见他一下子愣住了，眼珠子差点从眼眶里掉出来，有的不说话笑着冲他竖大拇指，有的主动上前跟他打招呼，说老四厉害呀，为我们老百姓除了一害呀，你可要小心一点，街上的混子都在找你。尚全没有应声，尴尬地冲他们笑一笑。

这时，有几个年轻人朝尚全这边跑来，尚全感觉不对，折身就跑，那几个人穷追不舍，边追边喊那家伙就是尚全，给我打。尚全拼命向前跑，隐隐约约听到有阿明的声音，人多音杂听得不是很清楚，可以肯定的是，阿明在为他求情。

尚全感觉身后的人已经追上来了，他突然抱头往地上一蹲，只听到"啊"的一声惨叫，后面那家伙追得太急没有防备被结结实实地绊倒在地。他又向街西跑去。街西头就是大田了，尚全拼尽全身力气在田里狂奔。一个长方形的化粪池拦着了去路，因为跑得太急来不及绕开，他只好迈腿跳过去。他前脚掌刚好搭在了化粪池的沿上，整个人向前倾倒，两条腿悬在池子上面，他大气也不敢喘一口，憋住了呼吸，靠双臂的力量将整个身子托起来。尚全感到不可思议，他竟然跳过了三米多宽的化粪池。后面紧追上来的两个人也因惯性的原因，整个人刹不住，只得从上面跳，"扑通"一声，两个人都掉进了化粪池，里面的人粪、猪粪、牛粪、烂菜叶子、死耗子、死猪、死狗、蛆虫都被搅动了，上下翻滚"突突"直冒泡泡。

尚全越过一畦一畦芹菜，一垄一垄大葱，一片一片白菜，一块一块小麦，确定后面没人追了，整个人瘫在地里，大口大口地喘气，心"扑通扑通"地跳，像要蹦出来。

他回来时，家里人都吃了一惊。

一个小时前，那伙人过来逼尚援朝交人，把石头扔到房顶上砸了好几个窟窿。因为动静太大，大超和鸭强两兄弟过来了，大超硬气地说，这么多人欺负几个老人家算什么本事，有本事出来个对个地单挑，一人一把刀看谁先砍倒。那伙人看大超和鸭强长得人高马大一脸横肉不像好惹的样，犯不着跟这两个二愣子拼命，没有理他俩。村里面的人陆续过来了，老老少少有几十人，那伙人见这边人多，又山呼海啸而去。

刘培勤把他从上到下打量一番，确定没事后才骂道，你这个畜生呀，惹出这么大的事来，看咋弄呀。满脸都是抑制不住的泪水。这两天，她一闭上眼睛就看见杨憨子那伙人拿着刀棍过来打，她看见尚全的手被他们剁了，血汪汪地流。她不敢闭眼睛，一合眼那血不拉哧的场面就会出现。精神上的折磨最让人心力交瘁，她一下子老了几岁。

尚双轻轻扯了一下尚全，压低声音说，刚才大哥只说了一句话，那伙人上前就是几耳光。

尚全心里压抑的火山瞬间爆发，妈的，老子跟他们拼了。

尚文挨了一顿打，心里不痛快，口气有些冲，说你有几个命跟人家拼。尚全脖子一梗，青筋一鼓一鼓地说，老子再写，把这个事搞大，看有没有人管。

在一旁抽烟没说话的尚援朝，也忍不住了，气得用烟袋杆指着尚全说，你有本事写你有本事跟他们打呀，你有本事不要跑呀，你能跑我们几个老家伙往哪跑，我们也跟着你跑，房子不要了，地不种了。写写写，你以为写就会有人管吗？就算会管，还没等到来管我们都被人家打死了。

尚全不敢说话了，提起一把椅子狠狠地往地上一放，气呼呼坐下，低着头盯着自己沾满泥土的皮鞋。脚边有一队蚂蚁来来回回地走动，很忙碌。他不能理解它们的世界，用脚在蚂蚁队伍中间使劲一踩，队伍立马就乱了，四处乱窜。

一家人都陷入了沉默，空气里弥漫着焦急不安。一阵北风掠过，瓦缝隙里的灰土簌簌落下。院子里有几只鸡在地上挑挑拣拣，很幸福很满足的样子。不远处有一支笔落寞地躺着，笔把儿闪着光，像在述说它曾经的辉煌。

过了很久，尚双蹙了蹙眉，低声说二哥咋还不回来呢？声音小得很，像是说给自己听。

4

尚武跟二黑子说，你给我找一百个人跟我回趟刘集，最好有坐过牢的，敢玩命的。二黑子问有啥事。尚武叹了口气，把事情简要地说了一遍。二黑子"哦"了一声，说，原来是你弟弟呀，前天晚上我们喝酒时还说到这个事，说找到写稿子的人把他手剁了，没想到就是你弟弟。我的哥，不是我说，这事怪你弟弟不对，写人家搞啥子嘛。人家一大帮兄弟要吃饭，他一篇稿子就把人家搞死了。尚武无奈地说，是老四不对，可是我总不能看到自己的亲弟弟被人打吧。二黑子说，哥，只要你出钱，想找多少人都行，你要想好，出了事你要负责。尚武口气果断，说出了事我一个人背，绝不连累别人。

俗话说，豆饼不压不出油，人不修理艮啾啾。有些人你不把他修理得服服帖帖他就不会服你。尚武带着两个大巴的人开往刘集。县城与刘集隔一条河，河西是县城，河东就是刘集。大巴车开到桥中间，尚武手机响了，车上的人都停止了嬉闹，屏气凝神听他接电话。

尚武问，涛娃子有啥事。

涛娃子说，你是不是要带人回来干仗，你在哪里？

尚武说，快过桥了。

涛娃子说，你千万不要带人回来，憨子这边也有一百多人，人多了要坏事，一句话说得不好就会打起来。你一个人回来就行了，千万不要带人回来，我在酒店等你。

尚武在城里混时跟涛娃子关系不错，有一次他俩在酒吧喝酒，遇上了涛娃子一个仇家，那边有十几个人，涛娃子想叫人已来不及了，和尚武两个人对付那十几个人。尚武提着一把西瓜刀，砍得那边几个人没地方跑硬是从三楼往下跳。这次打架轰动一时，尚武的江湖地位出来了。后来涛娃子回老家发展，又开酒店又包山又修路的，挣了不少钱。尚武听他的口气是要劝和。他的话也有道理，人多嘴杂一句说得不好就会火并，两边人都多打起来不好控制，真要搞出人命就更不好收拾了，尚武已是三十几岁的人了，考虑事情也谨慎许多。

大巴返回城里，一百多人也散了。尚武一个人回去心里没谱，假如谈不妥当场掀桌子怎么办。尚武想到了李耀祖，他立即到了县刑警队。李耀祖是尚武初中同学，那时他长得瘦不拉几的，经常被人欺负，跟尚武关系好后就没人敢欺负他了，他却开始欺负别人。他老爸怕他混坏了，将他送到部队当了五年兵，一退伍就进了县刑警队成了一名警察。李耀祖进刑警队那年刚好尚武从陕西回来，李耀祖没少为他操心，不是李耀祖为他找人，以尚武那几年的疯狂至少也得判个三年五年。

听到尚武要借枪，差点没把李耀祖吓得尿裤子。李耀祖有些结巴，哥哥哥，你是想把我往监狱里送呀。

尚武不管这么多，说你把我当兄弟就借给我。

你就是我亲爹我也不能借。李耀祖斩钉截铁。

尚武说，不借算了，从今儿起你我就不再是兄弟了。说完扭头就走，没走多远，李耀祖追了上来说，你看这样行不行，我把枪借给你，但要把子弹卸下来。

空枪？尚武问，那要了有个屁用。

李耀祖说，你要枪也是为了壮胆，就算有子弹你敢真打？打死人了你老婆孩子怎么办？

尚武想想也是，有子弹我也不敢把人往死里打，就算朝天放两枪也会连累李耀祖，他这个警察肯定是干不了了，他老爸还指望他光宗耀祖呢。尚武说，那行吧，你把子弹卸下来。

　　李耀祖把枪交到尚武手里久久不肯放手，他说，兄弟，千万不要冲动，你要平安回来，我们再一起喝酒。

　　尚武一拳重重地击在李耀祖的胸脯上，说，我傻呀，一把空枪怎么跟人拼，我只是吓唬吓唬他们。你放心，下午五点前肯定完璧归赵，保证不影响你交班。

　　人是英雄枪是胆，有枪的男人浑身上下都充满了力量，他昂起头，走路也一挺一挺的。

　　尚武只身赴宴出人意料。涛娃子把他领进了一个包间，说，我给你们介绍一下。一个个子不高却很壮实的中年人一挥手说，不用了。尚武知道他就是杨憨子，主动跟他握手。旁边十几个彪形大汉都站了起来。气氛极度紧张，这时有一点火星子就能点爆整个屋子。杨憨子虽然和他握了手，但从脸上看得出他一肚子火。他摆了摆手，那些人坐了下来，眼睛却十分警惕地看着尚武。

　　尚武为了弟弟，软着口气说，憨哥你大人大量，我弟弟确实不对，我把他骂得要死，本来他要跟我一起给你赔罪的，但是他觉得对不起你，没脸见你，我在这里代他向你赔礼道歉。

　　杨憨子说，武子，不是我做人小气，是你弟弟把我害死了。然后又摆了摆头说，算了，不说这些了，这事我也不追究了。涛娃子胖老三麻子都在为你弟弟求情，看得出你的为人。

　　涛娃子大感意外，笑逐颜开地说，不追究好，我们吃饭吧，边吃边聊。

　　尚武连干三大杯代尚全向杨憨子赔罪。酒是七十度石花霸王醉，最高度白酒，酒劲大、下口烈，每一杯下肚像一根线从喉咙一直辣到肚子里，浑身上下都是火辣辣的。

　　杨憨子说太热了，把上衣脱了搭在椅子背上。尚武也把衣服脱了，枪没遮没掩地露出来了。杨憨子扫了一眼，吐着酒气说，我听说你找了一百多人准备跟我干一仗。说完，他站起来指着窗外说，你看我在外面的兄弟都有一百多人。他又向对面的红毛递了个眼色，红毛把门拉开，从里面拖出一个蛇皮袋子，里面全是长柄的砍刀和土铳。尚武庆幸是和平方式解决。他端起酒杯跟杨憨子碰了，说，憨哥，今天我是真打算把这一百多斤放在这里了，没想到你人这么大量。

　　杨憨子叹了一口气，说事情已经发生了，怎么搞也不能弥补了，打上一架也只是出一口气，也不可能把损失搞回来。唉，等风声过了再想办法开起来。

　　尚武一直没说话，静静地听着，一个劲地敬酒。杯盏交错，俨然多年的好哥们。

　　尚武没想到这事就这么给搞定了。后来，李耀祖告诉他，县公安局杨局是他老爸的战友，他怕尚武出事，让他老爸出马找了杨局，杨局打电话把刘集派出所张所骂个半死。挨了一顿骂窝了一肚子火的张所又把气全部撒在杨憨子身上。在人家管的一亩三分地，杨憨子硬是把这口气给咽下去了。

5

　　日子如初，很平静，平静得让人都感觉不到它是怎么过去的。

大年三十上午，杨憨子打麻将，几圈也没开和，还放了几个大炮。这时，几个小兄弟哈着腰进院子里，嬉皮笑脸地问杨憨子要钱用。杨憨子骂道，大过年的一来就要钱，老子是你爹是你娘呀，凭啥子给你钱花，要钱问尚全要去。那几个家伙被骂得狗血淋头，悻悻溜出了院子。

自从那事出了以后，尚全就没有回来过。现在不行了，穷也好富也好都要回家过年。尚文尚武尚全三兄弟都回来团年了，凑齐了一桌麻将。肉烂了在锅里。自家人打牌输赢都不当回事，打得格外轻松自在。正打得热乎，院子外有几个陌生人贼头贼脑地往里面望。尚武站起身大声喝道，你们是不是想死。那几个人赶紧往村外跑。甜甜受到了惊吓，急忙钻进了玲子的怀里。

尚文站起来问，老二，咋回事。

尚武说，那几个人像是混子，我估计是跟杨憨子的小混子。

尚全也紧张起来，二哥，你不是已经搞定了吗？

尚武用舌头舔了舔嘴唇，说，杨憨子是搞定了，但是跟他混的这些人没有了经济来源，他们没钱花了肯定心里不爽，想找你出出气。

刘培勤又紧张得不行，焦急地问，这咋弄？

尚武说，我估计是他们自己来的，如果是杨憨子叫他们来就不是这几个人了。尚武又说，阎王好惹，小鬼难缠。看来老四还是要出去躲一躲，这些人哪天心情不好了就会找老四出气。你去了广东一定要找宏伟，他在那里时间长，还是保安大队长，他说以你的能力搞个内勤没有问题。尚武说，你千万不要再去多管闲事了，到那边惹出了事没人能帮你。

尚全点头应着。他又看了看玲子，对视了许久没有说话，从她手里抱过甜甜，亲了亲她粉嫩的小脸蛋，鼻子一酸眼泪不争气地掉了下来，他立即转过身，慌忙地掩饰。

才是大年初八，火车上全是去打工的人。厕所里也挤进了人，想上厕所的人拼命地敲门，里面的人就是不开门。尚全坐在过道上。车厢里味道杂陈，有快餐面、辣条、熟鸡蛋的味道，还有脚臭汗臭味。他对面坐着一对夫妻，两口子呼啦啦地吃着快餐面，那男的一边吃着一边用左手搓脚丫子。吃完面，那男撕开一袋辣鸡腿往嘴里塞，拿鸡腿的手正是刚才搓脚丫子的手。尚全差点没呕吐出来。尚全下了火车，又坐大巴到了宏伟所在的镇。其实他不想去找宏伟的，他俩从小一起长大，好得穿一条裤子，但是宏伟结婚后整个人都变了，哪里变了尚全也说不上来。现在他是没有办法，只能来投奔宏伟。他打电话给宏伟，宏伟竟然关机了。这时，一辆摩托车停在他的面前，问他要不要坐摩的，他心里一亮，他记得宏伟说他在海恒达工业区，提着包上了摩托车。摩托车风驰电掣，尚全一手抓包，一手抓住后座支架。十分钟左右，海恒达工业区就到了。但是保安公司在工业区哪个地方，宏伟没有说，他只能蹲在工业区门口等。

到了中午十二点，宏伟终于开机了，他说手机没电了在充电。宏伟把尚全领到旁边一家小吃店，点了一份三块钱的炒粉。

宏伟坐在他的对面，欹着身子问，老四，你想做保安还是想进厂。

尚全想，做工人受气，语气坚定地说，我想做保安。

宏伟说，做保安也行，到时我给你分一个好一点的厂，干两个月给你提个班长当。宏伟见他把那盘炒粉给消灭了，拎着尚全的包进了工业区大门，向左一拐就看见了一块保安公司的牌子。

尚全通过了体验，交了六百块钱，培训了半个月就上班了。他被分到了派出所成了一名巡防员。宏伟说，你真是走狗屎运气，我跟巡防大队的刘队很随意地说了一下，他就把你分到派出所了，工厂的保安叫人防，工资低得要死，派出所的叫巡防，一个月有千把块的工资，还给买社保。

尚全不会骑摩托车还戴着眼镜，中队长不知道怎么安排，不是大队长打了招呼，他肯定不会要。这时街道办有个部门要借十个人过去帮忙，中队长报了尚全，像扔出去一个烫手的山芋。尚全报到时，一个领导模样的人问，你们谁会电脑谁会写材料。尚全说我会。那人说，那你就留在办公室写材料。

办公室不是很多事做，就是写写简报总结之类的。一个同事知道尚全会写文章，说在政府写稿有稿费，稿费还挺高。尚全心动了，很快尚全就成了报纸的常客，不久他又被宣传部要走了，成为一名专职的宣传干事。

尚全老家的人知道他到了宣传部工作，都说这才是最适合他干的工作。刘培勤却高兴不起来，反倒忧心忡忡，她对尚援朝说，老头子，你说老四这是福还是祸呀，我就担心他在那边又闯祸。尚援朝叹口气说，这就是他的命，就要靠这个吃饭。

刘培勤拨通了尚全的电话，焦虑地问，老四，你在那边，还好吧。

尚全说，咋啦，我在这边好得很。尚全说现在一个月能挣四五千块钱。

刘培勤笑着说，打工哪能挣这么多钱，你这个娃子咋也学会吹牛了。你们在外面的人都好面子，前头尚清也是，在广东打工才一年时间，头发也染黄了，还戴个耳环，你是没看到那个鬼样子，丑死了，说话还撇个腔调，一口一个"毛毛雨啦洒洒水啦"，蛮不蛮呔不呔的。

尚全听了忍不住笑了，尚清快二十了，说话还变腔了。

刘培勤说，可不是，黑三爷去河南赶羊子，来回个把月腔都没有变，他还变腔，黑三爷骂他"再给老子撇腔拿调撕了你的嘴"。哪个不笑他呀。你可不要学他。刘培勤接着说，挣钱不在乎多少，只要是正当的收入，血汗钱万万年，谁也抢不走。尚全怕她想七想八，解释说，钱都是政府发的。

刘培勤说，你一个月都顶我们一年了。尚全说，我这是少的，那些公务员一月一万多，那些本地人不干活光出租房子一个月能收十几万。刘培勤听得直喷嘴。

尚援朝要跟尚全说，把听筒放在耳边却半天没有说话。他一时不知从何说起，听儿子喊了几声才应声。尚援朝叹了口气说，啥人啥命，你在家里就喜欢写，现在出门了还是要写。

　　尚全怕他担心，说，我现在跟以前不一样，现在是领导安排写的，不会惹麻烦的。

　　尚援朝说，那就好，要多问领导，人家心里有杆秤准得很，知道什么该写什么不该写。说完，突然就挂了电话。尚全理解父亲，他们怕打电话时间长了又要花钱，没话说了就直接挂断电话，一句客套话也不说。

　　这天，蓝部长把尚全叫到办公室。蓝部长心情不错，笑容满面地说，小尚，陈主任老家有一个亲戚被人骗到这边，派出所的干警给解救出来了。陈主任专门过来找我，要我们写一篇报道，好好表扬一下公安干警，你去派出所了解一下情况，争取下午把稿子拿出来。

　　尚全接到任务，马上赶到派出所，采访了参与解救的民警当事人及其父亲。下午，尚全把稿子交到蓝部长手里，蓝部长看完后，笑着说很好。尚全问发哪几家报。蓝部长说这是好事，你多发几家，尽量配张图。

　　第二天，尚全打开报纸，一眼就看到了自己写的那篇稿子，达到了蓝部长图文并茂的要求。这时手机响了，是一个陌生的电话号码，尚全轻轻按了一下接听键，一个陌生男子的声音就飘了过来，你是尚全吗？尚全说是。那男子自我介绍道，我是公安局的张科，关于解救人的那篇稿是你写的吧？尚全说是。张科火了，你知不知道，你这篇稿泄露了我们的侦破手段，属于严重的泄密事件。尚全心里紧张起来。张科非常严厉地说，你写了我们公安机关一个特殊的侦破手段，你这么一写犯罪分子都知道了，我们以后怎么破案子，尚全解释说，我采访时是你们民警讲出来的，他讲出来后也没有说这个特殊侦破手段不能见报，他如果说了我也会用别的词代替。我是通过记者发的，如果属于保密的不能对外发布，媒体应该也有这方面的规定。在发稿前，我还查阅过这方面的报道，几年前的报纸都登过，大街上都有这类的广告。张科有些不耐烦，吼叫道，你知不知道，为这事我们局长把老子骂个半死。我告诉你，我们局长非常生气，要追究你的责任。尚全听了也来了火，我写的是不是事实，这些是不是你们讲的，就算是泄密也是你们泄的密。如果你们非要上纲上线的话就放马过来，我就不相信没有一个说理的地方。张科更来了气，说你给我注意点，再写信不信我剁了你的手。尚全还没来得及顶一句，那边已挂掉了电话。

尚全觉得事情不是那么简单，他赶紧去向蓝部长汇报。刚走到门口手机又听了，他赶紧接了，是一个温柔的女子的声音。她说，我是保密局的小丘，你下午两点半来保密局405室，有几个问题要了解一下。尚全有点头晕目眩，看来这篇稿子真是捅娄子了。

进了蓝部长的办公室，蓝部长有一点疲惫，整个身子陷在沙发里。尚全把情况向他汇报了。蓝部长说，我刚才也被叫去谈话了。小尚你放心，你不要想着保谁，有一说一，把事情的经过详细地向上面反映。蓝部长看到尚全脸色已经有了变化，他安慰说，小尚，你不用怕，天塌不下来，你是代表党委代表政府在写，要追究责任也是先追究我的责任。下午让林仔开车送你过去。

6

这年头笔杆子也不好拿，一路上尚全思绪万千。尚全的手机又响了，是小丘。小丘说，下午有一个重要的会，你能不能下午五点过来。尚全听了这话心里有点毛，说好了两点半怎么又改成五点。他不安地问，你实话告诉我，这么晚过来是不是来了就不回去了，我好跟家里交代一下，说要出差几天，免得她们担心。小丘"噗嗤"笑了，说，你不用这么紧张，我们只是找你了解一下情况，下午真有会要开，麻烦你下午五点再过来。

尚全心里乱得很，他怕真会出什么事，他必须把整个事情的来龙去脉理清楚。他给省报伍记者打了个电话，把这件事的前前后后讲了一遍。伍记者跟尚全是一个县的老乡，出门在外老乡之间格外亲，两人不光工作上有联系，平时也常吃个小饭喝个小酒什么的，关系相当不错。伍记者听了兴奋地说，老乡，你还真不要怕，这算什么泄密，几百年前都曝光了。他们这是要搞现代文字狱，你让他们搞，把你抓起来就更好了。你把你的经过写出来发给我，我明天见报。尚全说我马上发给你。尚全又给另外几家报社关系比较好的记者打了电话，他们听了都来了劲。他们时刻都在盼望猛料出现，这就来了现成的，根本不需要再去挖空心思去找猛料、制造猛料。

尚全毕竟端的是公家的饭碗，他怕影响到单位和领导，不想把事情搞得太僵。他跟各报记者说，材料定时在六点半发送，如果六点半你们打我手机我不接或是关机，我又没有再回复，你们就把稿子发出去。

尚全心里还是不踏实，才三点半就催着林仔出发。尚全坐在车上摇摇晃晃就睡着了。杨憨子提把刀站在他面前，说瞎球写，害得老子连饭都没得吃，老子剁了你的手。尚全拼命地在田里跑，杨憨子带着一大帮人在后面追。跑着跑着，一个人拦住了去路，仔细一看是给他打电话的张科，尚全对他说，有人在追我，要剁了我的手。张科咧嘴一笑，挥刀就是一下，血光四溅，他的一只手掉在了地上。尚全"啊"了一声惊醒了，把林仔吓了一跳。

尚全敲开405室，时间刚好五点。小丘热情地招呼他坐下，递了一杯茶给他。过了一会，一个中年男子过来了，小丘介绍说，这是我们李主任，这是尚全。李主任点了点头，让尚全坐下。小丘拿出一本笔记本说，李主任，我们开始吧。李主任说好。李主任就开始问尚全，小丘在一旁作记录。看到他局促不安的神情，李主任把椅子往前拉了拉，身子向前一倾，很和蔼地说，不要紧张，我们就是谈谈话，了解一下情况。尚全说我不紧张，腿却不听使唤抖动起来。谈话一问一答地进行，他像得了重感冒脑子烧糊涂了，谈话不知不觉中就结束了。小丘让他看记录，他昏昏沉沉的，看了一眼就签了名。

尚全走出门时双腿如铅重，稀里糊涂下了楼，稀里糊涂上了车。林仔把车窗打开，一阵凉风吹来，尚全打了个冷噤，长吁了一口气。车开到黄山公园门口，尚全让林仔把车停下，他想下去走走。林仔瞅着他，问你没事吧，要不要我陪你。尚全说不用，我一会儿自己回家。

　　尚全走到广场那里，一个右腿缺失的残疾人在唱歌。前面空地上摆着一个透明的募捐箱，他掏出十元钱走了过去，钱丢进募捐箱的一刹那，他看见了那个残疾人一双手也没有了，两个光秃秃的上肢捧着一个黑色话筒。他双眼一阵眩晕，赶紧退出场外，伸出双手看了看，两只手都在。这时耳边传来那残疾人的歌声，"他说风雨中这点痛算什么，擦干泪不要怕，至少我们还有梦。他说风雨中这点痛算什么，擦干泪不要问，为什么……"

金 秀

1

结局出人意料，却是金秀想要的结果。

说起来颇具戏剧性的，金秀本来相中的是二老白，是要给老五当嫂子的，也就是一顿饭的工夫，金秀就从嫂子变了妻子。那天若不是老五突然出现，金秀肯定做了二老白的老婆。也许只过一个晚上，金秀就和二老白拜了天地，喝了白头酒，也理所当然圆了房。金秀想，如果圆了房就只能嫁鸡随鸡、嫁狗随狗、嫁个扁担抱着走了。金秀是五峰村有名的"野妮子"，但是对待一些禁区，她还是很传统的，她不会也不敢逾越。

2

　　五峰村四面环山，山那边还是山，一层又一层地重叠着，一直延伸到天边，只有一条猪肠一样的土路弯弯曲曲地通向山外，这条出山的路是男人们的路，五峰村的女人很少走出山，男人们走这条路时手脚并用，下坡时刹不住脚，上坡时弯腰驼背翘臀，差一点嘴就亲到地了。

　　既然叫五峰村，肯定有五座峰才是。五座山峰是一大片逶迤山体突然凸起来形成的，像一个怀了孕的女人，有巨大的头、突出的双胸、凸出的肚子、垂直的脚掌。五峰村的人们打开门就看见了山，仰着头才能看到山顶。五峰村百来户人家稀稀拉拉地散落在山腰山脚，隐匿在茂密的树林中，不是那缕缕炊烟在黄昏的暮霭中飘荡或传来几声鸡鸣狗吠猪嚎抑或是孩子的啼哭，你哪里会知道这里竟然还住有人家。五峰村基本上没有什么可以称得上是田的地方，都是一小块一小块洼地拼凑起来的，远远望去像一块块破破烂烂的布，一长溜弯弯的田埂把它们分开了，一抹抹翠绿又把它们连在一起。五峰村人还在房前屋后"制造"出来很多田，他们用石头垒实一条埂，下雨时就能把山上冲刷下来的一些泥土挡住，积多了，可以在这里种上苞谷土豆。遇上雨水足的年景，苞谷土豆就能顽强地存活下来，丰收是不敢想了，只求每一棵苞谷杆上能长出一个饱满的玉米棒子；每一棵土豆秧下面能埋上两三个土豆，那就阿弥陀佛了。遇上干旱，只有颗粒无收的命，五峰村人都能坦然接受，一辈一辈的人都是这么过来的。这样的自然环境除了山清水秀空气好外，真说不出其他的好了。金秀看不出五峰村有什么好，五峰村的人也看不出它有什么好，但是到了春暖花开或秋高气爽的时节，却有一大帮吃饱了没事干的城里人肩扛脖挂着摄像机照相机在这里拍来拍去。

五峰村的房子都差不多，墙体下面用石头或火砖砌个两三尺高做为墙基，墙基上面都是用土砖或泥巴垒起的墙体，房顶正前方铺的是瓦，后面铺的是茅草。

五峰村的男人除了村主任个个都窝窝囊囊的，遇上事就骂女人、打女人，没事时就喝自酿的苞谷酒，喝醉了也骂女人、打女人，他们不骂别人也不打别人就是骂自己的女人打自己的女人。为啥呢？原因其实很简单，因为她们提起好男人老是说主任，见到主任也是眉开眼笑的，一副贱坏子样，男人们恨得牙痒痒的。那些男人见了主任也是眉开眼笑的，看到主任抽烟时还巴结地抢着去点火。金秀瞧不起五峰村的男人，包括她那个一天到晚醉醺醺的爹。打记事起，她清楚地记得每隔三两天都会看到爹喝醉酒打娘的场景，娘经常被打得鼻青脸肿体无完肤，却在这个家顽强的生活了十几年。这让金秀想不通。

娘说这是女人的命。

金秀不信命。

金秀常常看山顶上面的彩霞发呆，彩霞一直飘浮在山外的天空上。她会张开双臂大喊大叫，把她的声音传到山外面去，仿佛张开的双臂就是一对翅膀，轻轻一扇就可以飞起来，飞过这一座座山峰。金秀时常会自言自语，我要做那山外的彩霞，总有一天我也会飞到山外面去。语气十分坚定，眸子像洗了一样明亮。虽然金秀读书少，但不代表她没有自己的想法，她在闲暇时会平白无故地盯着一个地方发呆。她也不算小了，她会不自觉地开始憧憬起自己的终身大事。哪个少年不钟情，哪个少女不怀春呢？金秀心中的人是什么样子的呢？她心里是有一把尺的，多少次她在梦中谋划自己的将来，要嫁就得嫁一个像村长一样的男人，一个不骂女人不打女人的男人。

村主任已经有了女人有了孩子，论辈分金秀还得叫他叔呢，嫁给村主任是不可能的了。村子里倒是有几个家庭条件、个头长相、各方面都不错的小伙，金秀却看不上。一个个年纪轻轻却整日里游手好闲、东逛西晃、吊儿郎当没个正形，怎么看也看不出哪一个会是未来的村主任。一想到这些，金秀莫名感伤起来，有时还会躲到一个无人关注的角落偷偷流泪。

金秀从不掩饰自己的想法，自己不去尝试改变，你怎知自己的命一定会是这个样子的呢？

姐妹们觉得金秀不像五峰村的女孩，是一个很特别很有想法的女孩。其实谁不想走出这座大山呢？只不过她们不敢像金秀一样说出来而已，终究还是怕人笑话的，再说，说了不能实现岂不是徒增伤悲？金秀的话也不知猴年马月才能兑现，也许要等到铁树开花驴子长角，说到底这些都是镜花水月，都是似是而非很虚幻很缥缈的东西。金秀每次说起自己的想法，眼神那么坚定，那么充满期待，那么不容置疑。金秀的话会让姐妹们很高兴很兴奋，似乎她们也有了冲出五峰村的欲望，但是这一份高兴维持不了多久，也就是叽叽喳喳一阵，嘻嘻哈哈一阵，打打闹闹一阵，然后就是沉默，心里难免会多了些许的伤感，甚至是苦涩。这时候不知谁会发出一声无奈的叹息。叹息像是一种传染病，往往会一声接着一声，一声比一声小，后来就没有声儿了。金秀也跟着叹息。

是呀，那个他又在哪儿呢？

3

红姐是五峰村里最早嫁出去的女人。红姐去了一个叫深圳的地方打工，打着打着就嫁到了那个地方。自从红姐嫁出去后，五峰村女人就看到希望。红姐硬生生地把五峰村女人心中的那一潭死水给搅活了。红姐嫁的地方算不上是真正的深圳，而是深圳最边远的一个叫光明的小村子，这是一个以农业为主的村子，紧贴着茅洲河，一马平川，地肥水甜。红姐嫁过去后，日子过得就特别像日子了。人一旦心境好了就会发生质的变化。红姐以前黑瘦黑瘦的，一副非洲难民的形象，谁能想到两年不到她换了个人似的，可以说脱胎换骨，皮肤白了身上饱满了，个头看起来好像也长高了不少，一个成年女人怎么可能长个子呢？又不是怀胎的母猪可以跟着胎长，但这是千真万确的不容置疑的，红姐看起来就是比以前要高大许多。五峰村的人都这么说。

红姐日子过好了并没有忘了家乡的姐妹，她要帮五峰村的女人过上好日子，很多人过去找她帮忙找一份工作，后来她们就不满足于在这里工作了，于是她就是当起了月老拉起了红线，把五峰村的女人一个个地介绍过来。后来红姐干脆就专门干起了拉媒说纤这一行，既把五峰村的姐妹们弄出了大山，姐妹们个个感恩戴德，自己又赚到了介绍费，何乐而不为呢？嫁出去，就是改变自己命运最直接、最便利、也是最好的方式了。不是吗？经过红姐的牵线搭桥，这几年五峰村已有十来个姑娘嫁到了光明村，个个都过上了好日子，就连脑袋断电的二妮都嫁了个好人家。二妮男人家也穷，一直讨不到老婆，花了五百块钱娶了二妮后，对二妮心肝宝贝地疼，二妮有次回娘家得意地跟姐妹们说起她男人家，他们那边洗衣服不用皂角，用的是袋装的洗衣粉，衣服干了还有一股很浓的香味，他们那里到处都在建房子建厂，全国各地的人都跑过去打工，男人家那里要偏一些，稍微落后一点。说穷吧，也只是和他们那边的比，再穷的人家也比咱五峰村的村主任要富。这话说得就显得特别有分量了，也更加坚定了五峰村女人嫁出去的决心。五峰村年满十五岁以上的未婚姑娘没有一个不想嫁出去的，就连那些已结婚生子的婆姨也动了走出五峰村的念头。

五峰村的男人们不待见红姐，刚开始人们对出门打工是很排斥的，认为女人去那么远的地方谁知道在干些什么，背地里都骂她是窑子里的老鸨，自己出去当婊子不说，还要把村里的女人都带出去卖。五峰村的女人不这么认为，她们反倒觉得红姐是五峰村所有外嫁女的恩人。红姐是给五峰村女人带来希望的人。像那微弱的火苗随时都会熄灭，是红姐轻轻一拨灯芯，女人们的天地就豁然开朗了峰回路转了柳暗花明了。

红姐每次回娘家，都会带一些"洋玩意"回来，很给娘家人长脸。娘家那篱笆小院里站满了人，都是一些待嫁的闺女和一些已经嫁了和准备外嫁女的母亲，跟红姐打探五峰村以外的世界。院子外面站的都是一些娶不到老婆的光棍，他们的眼睛能喷出火来，恨不得把红姐连同这个小院一起烧光。

金秀看着满面红光衣着光鲜的红姐，心里起了涟漪，旁敲侧击获得了不少有用的信息。

金秀从红姐家回来了就一直闷闷不乐，娘当然看出了她的心事，只是谁也不想先开这个口。金秀想了很久，还是决定跟娘说，话很简单，一挑就明。金秀说，娘，我想跟红姐出去。话终于说出来了，金秀想娘一定明白她的意思，于是她长吁一口气，如释重负的感觉。娘当然知道这话的意思，这几天她看到金秀脸上的变化，也知道她跟其他妮子一起往红姐娘家跑，不管金秀是跟红姐出去打工，还是嫁到那边去，一想到金秀要到那么远的地方去，心里还是有些不舍，可一想到五峰村的光景，她又有什么理由拦着呢？装着很平静的样子，说你小时候拿筷子拿在筷子头上，命中注定嫁得远。娘说什么都喜欢与命扯上关系，好像这一切都是理所当然的、天经地义的。娘说，要走你就偷偷地走吧，千万别跟你死鬼爹说，在外面也不要透出一点儿风，让你死鬼爹知道了你就走不了了，他还靠你给他打酒喝呢。金秀点点头，眼里不知啥时候噙满了泪水。娘想了想又说，金秀，你出去找到了好人家，别忘了帮银秀留意一下。金秀破涕为笑，抹了一把眼泪，说，娘，银秀还小呢。娘说，小什么呀，都十五了，转眼就到了你那个年龄了，还是早留点心好。金秀忙说，好好好，我一定帮银秀留点心，待银秀一满十八就给她介绍一个。

4

怎么说叫没有不透风的墙、纸包不住火呢？金秀想跟红姐出去的消息还是让金秀爹知道了。

金秀爹直接去找红姐，有上门挑衅的意思。金秀娘站在一旁拉，却不敢说什么。

金秀爹说，我不信你是带秀出去打工，跟你出去的女人有几个回来了，不都留在那个叫深圳的鬼地方了吗，我养这么大一个闺女就这么给了一个外人，那人长啥样儿我也不知道，那人家庭条件咋样我也不知道，我闺女出去受苦怎么办？

红姐说，叔，这个你放心，秀跟我的亲妹妹没有两样，不管是过去打工还是过去嫁人，有我在你老还不放心？能找到合适的人不是比打工更好。

金秀娘接着说，放心放心。

金秀爹瞪了她一眼说，放心个屁！你一个妇道人家知道个屁！咱一把屎一泡尿，把一个尺把长的人儿拉扯这么大，容易吗？十八年呀，容易吗？就这么轻易地交给别人了，连一根烟也没有抽一根，一杯酒也没有喝一口，没有个千儿八百的谁也别想把秀给我带走。

金秀站在后面，脸红得不像个样子，从跟着娘跑来劝爹回家，她一句话也没有说，能说什么呢？她的话爹也不会听。爹竟然把这种事说得像市场买卖一样，公开出了价，毕竟还是未出阁的女孩子，羞死人了。

话不说不透，灯不拨不明。红姐知道他是什么意思了，她介绍的人都是当面交人当面交钱，还没有先给钱后交人的先例，男方没见着人怎知该出多少钱，钱给了事没成找谁说理去？红姐转身看了一眼金秀，金秀反而释然了，没等红姐开口她先发声，红姐，我是铁了心要跟你出去，一切都听你安排。她相信红姐。

红姐二话没说，点出八百块递给金秀爹，硬邦邦地说，叔，给你，这是金秀孝敬你老人家的钱，给你老打酒喝，给你老扯几尺布做衣裳穿。后一句说得很重，看来有了情绪。

5

金秀铁了心要离开五峰村。金秀是和五个姐妹一起跟着红姐出来的。金秀腰背挺直，一条墨绿色的布袋子放在膝上，里面是几件换洗的衣服。金秀出来的目的很明确，就是要找一个不打她的丈夫。其他姐妹什么想法不用猜也知道。出门打工为什么，还不是要改变自己贫穷的命运，嫁出去不是比打工更能改变命运吗？走出猪肠土路，换上乡里开往县城的中巴，金秀反而有些忐忑不安了，说不出是舍不得离开还是其他什么原因。中巴又换成了大巴。土路变成沥青路，沥青路又变成水泥路，一路上，金秀眼珠子死死地盯着窗外，一直看着把大山甩远。

　　这是她们第一次离开五峰村，长途的迁徙令她们极为兴奋。她假寐。她不想让姐妹们看出她紧张的样子。古话说得好，男怕入错行，女怕嫁错郎。毕竟是一辈子的事。其实这个时候紧张也没有什么用了，可是她还是控制不了自己，出来了没有退路了，只能破釜沉舟了，只能义无反顾了，只能勇往直前了。其实，当红姐把那八百块钱交到爹手里，她就知道已被自己的亲爹像牲口一样卖给了别人，金秀想，只要人不是傻子瞎子，哪怕大上十岁二十岁她也愿意。金秀犹豫了半天，还是把这想法跟红姐说了，说完脸红得有些紫了。红姐重新打量着金秀，她没有想到这个小妮子竟然会有这么朴实的想法。红姐眼睛一亮，像是发现了新大陆，使劲拍了拍大腿，兴奋地说，你这么一说倒提醒了我，光明村三队的二老白今年三十六岁，比你大十八岁，托我好几次了，一直没有合适的，这人吧，年龄是大一些，长相是老气一些，年龄大有年龄大的好，懂得心疼人，知冷知热的，他家有十几亩田呢，农忙时就在家里种地，平时就在附近工地上打工，跟他过日子苦不到哪里去。红姐从来没有为自己的冲动后悔过，她始终相信金秀一定值八百块钱，过去了肯定是有大把的人争着抢着要，就算不赚钱，她也要把金秀带出来，让金秀离开那样的家庭何尝不算做了一件善事呢？

金秀小脸憋得通红，虽然没有见过二老白，仿佛这个人命中注定就应该是她的老公，她没有犹豫，小声"嗯"了一声，羞得头差点儿扎进了裤裆里。好在姐妹们都是想着过好日子去的，谁也不会笑话谁。什么是好日子，金秀的想法，就是一日三餐能吃饱、四季衣服能遮体、几片砖瓦能栖身、丈夫醉酒不打人。好了，这就是最最好的了。

金秀心里是很焦虑的，喉头顿时干涩了，心里真似小猫挠爪玉兔乱撞，别扭极了。未来的丈夫——二老白到底是个啥样呢？她也不好意思缠着红组问个仔细，她只能在心里想，个头呀面相呀，想来想去没有一个准星，只能眼巴巴地坐在红姐家等。

二老白趿着一双解放鞋噗哒噗哒地过来了。

红姐招呼二老白坐下，直截了当地说，二老白，这个就是金秀。金秀，喏，这个是二老白，你们两个都在这里了，你们都看一下，行也给个话，不行给个话。说好了就算成了，可不能中间后悔，到时候也不要埋怨我这个媒人。

二老白立即答话，行行行，我谢都来不及，哪还能埋怨上你呢？二老白现在的择偶标准是只要是个女人就行，像他这个年龄的有的儿子都娶媳妇了，自己这个条件还能挑人？就是一个哑巴一个痴呆，只要人家不嫌他他也不会挑剔了，娶回去能为他生个一男半女就是上辈子修来的福气。只是他万万没有想到会是这么小的一个女娃，还长得这么标致。

金秀低着头没有说话，她看到了二老白的脚，一双洗掉色的解放鞋，后帮子踩在脚下，估计是四十码的，个子不高也说不上矮。金秀目光像探照灯一样，小心翼翼地往上扫，二老白正乐呵呵地盯着她看。二老白有些络腮胡子，为了过来看金秀特意刮了刮，脸有一些发青，有几处用力过了刮出了血。金秀目光轻轻弹出去又很快收了回来，她微皱眉头，正如红姐说的一样，年龄是大了一些，人也有些老气，但是人不痴不傻不缺胳膊不少腿，这也让她放心了，这也基本上达到了她的要求。还能苛求什么呢？能从五峰村出来是多么幸运的事情啊。

　　红姐问，金秀，怎么样？你觉得怎么样，不行就换一个。

　　这时，门外传来了"咯咯咯"的哄笑。屋里屋外挤的都是人，里面都是挑媳妇的，外面都是看热闹的，也有男人借个由头进来，目光似箭刷刷地射在姑娘们的脸上胸脯上，脸上漾出莫名其妙的奸笑，被红姐给轰了出去。外面的男人开始闲聊，声音不加遮掩，甚至肆无忌惮地品头论足，这个屁股大呀好生养呀，那个奶子大呀有娃不会缺奶水，那个腰膀粗是个出力的货肯定能干活呀，那个年龄小了一点，还要回去养两年才能长开，就像挑选待售的牲口，在他们交谈的过程中金秀一直不安地咬着下嘴唇，脑瓜子嗡嗡的，一声不吭地坐在那里，手都不知怎样放才好，这个时候能说什么呢？一个十八岁的小姑娘，面对这样一个陌生的环境面对这样一群陌生的人，总归是有些害羞的。

　　红姐又问，金秀，怎么样呀？你就痛快给个话呗。

　　这次从五峰来了六个女孩，已经有三个被人领走了。金秀头皮一紧，心扑腾腾地跳，如果她说不中，红姐就会立马给二老白介绍另外两个了，这倒让金秀有了一种很迫切的危机感。金秀没有犹豫，抬头看了一眼红姐，低声说，嗯。说完头又扎了下去。

院子里的人又发出一阵嘈杂的声音。

狗日的二老白，真是祖坟冒青烟了，这么标致的女娃就给你祸害了。

二老白，今晚可要好好表现呀，你不行让你弟帮忙。

这女娃好嫩呀，二老白真是老牛啃嫩草。

他妈的二老白，这样的妞儿花多少钱都值。

二老白心花怒放，高兴早就刻在了脸上。他假装生气，绷着脸冲着院子里的人一挥手说，去去去。二老白控制不住自己喜悦的心情，兀自笑了。打了大半辈子光棍，如今一下蹦出一个如此如花似玉的大姑娘岂能不高兴？

二老白很懂套路，从裤袋里掏出一个洗衣粉袋子，颤抖着从里面掏出一摞人民币，将中指伸进嘴里，沾了一下口水清点起来。这些钱二老白在家里已经数了三四遍了，数目绝对不会错的。他数完后递给了红姐，说整整一千，一分不多一分不少。红姐假意客套一下，说，这钱不是我要，是要给人家金秀她娘的，人家辛辛苦苦养这么大一个闺女就这么给你了，给人家老人打几斤酒喝扯几尺布做身衣服穿，还不是应该的。二老白连说应该的应该。红姐把钱又点了两遍，才揣进了兜里。红姐亲热地拉着金秀的手说，你就放心跟着二老白过日子去吧，肯定比五峰村好过得多。金秀红着脸没有说话，只是紧抿着嘴唇点头。只是脸越发红了。八百块？一千块？金秀不知道到底自己值多少钱，这都不重要了，反正自己的一生都交到这里。金秀心里空荡荡的。很失落。也很放松。

6

二老白兴奋地在前面走，金秀亦步亦趋地跟在后面。路上，人们笑嘻嘻地跟二老白打招呼，也有人不怀好意地调侃。二老白眉眼间溢出了欢喜，兴奋地跟人打着招呼。金秀怕路人的指指点点，低着头一言不发，像做了什么错事正在接受人民群众的批斗。偶尔有人会跟金秀打招呼，金秀也不回答，只是尴尬地笑一笑。金秀的心里是矛盾的，浑身上下都觉得别扭，神思恍惚，甚至不知道怎么走道了，二老白是个什么人呢，他会不会醉酒打人？金秀没有一点把握，这么一个初次见面的男人一下子成了她的男人，真是让她有些难以接受，她的情绪慢慢低落了，可是不接受又能怎样呢？难道再回到五峰村去？自从跟红姐出来就注定没有了退路。她现在只有背水一战的决心，不论前面是怎样的路她都只能选择走下去。其实回头也找不到岸。也许这是她人生的最后一搏，搏赢了海阔天空，搏输了大不了复制娘的生活，复制五峰村女人们的生活。

二老白的父亲过世早，留下二老白兄弟五个和一个身体不太好的老娘。兄弟几个到了结婚年龄却找不到媳妇，大哥到了三十好几才娶了一个哑巴分开过了，老三老四人长得排场仍然做了上门女婿，只剩下二老白和老五还没有结婚，老五也是快三十的人了，托人说了好几门亲都没成，二老白家只有三间瓦房，一看就知道什么家底了。二老白把精力放在田里，拼了命地在田里折腾，终究没折腾出什么花样来，心越来越死了。二老白年龄一年大过一年，年龄大了一直讨不到老婆让人更加自卑，二老白没指望这辈子能娶个女人，对这方面也不再心存幻想了，心荒凉得如戈壁大漠寸草不生，有时好不容易发出一星点儿绿芽，被阳光叭叽一晒就枯死了。后来，红姐开始为光明村的光棍们张罗，红姐回一趟五峰村就会带几个妹子过来，有一些比二老白大、比二老白家穷的都一对对地成了，这让二老白干涸的泉眼又开始慢慢渗水。这次为了把金秀娶到手可是花了血本了，能借的亲戚都借了，才凑够了一千块钱。一千块买回一个十八岁的黄花大闺女，划算。二老白心里美，比三暑天喝冰凉清澈的井水还要爽。金秀模样端正，一看就知道是个正经姑娘，虽然年龄不大，但是农村的劳作使她发育得很成熟，已不像一个十八岁的少女了，胸是胸屁股是屁股，二老白心里啧啧称好。

　　金秀一路上看到的都是热火朝天的场面，远处有很多推土机挖掘机在推呀挖呀，一个个土包包山就被夷为平地，拉土的车在路上跑来跑去，打桩机轰隆声一声连着一声，一片忙碌。二老白眉飞色舞地说，这里在搞经济开发，要建房子建工厂，到时我们这里的经济条件就会变得更好了。金秀没有说话，只是跟着二老白的步子向前走。这些跟金秀有什么关系呢，她关心的是二老白家里的情况。

　　金秀只用眼角的余光，就窥伺了这个家庭的秘密。二老白家是三间瓦房，上面铺的是红色的大瓦，一圈用泥土夯实的矮塌塌的院墙围着，院落很大，地上看不到一片树叶，干干净净清清爽爽。靠墙边是一块菜地，有几畦韭菜长得很是整齐，一行一行的，肥壮的青叶有精神地垂着，几垄青乎乎的葱，土已钩得很高了，可以猜想出地下的葱白肯定是又粗又长又嫩，还有爬满了架的豇豆秧，枝叶间已有根根长长的细细的豆角吊着，菜地边上有几根青草无精打采地在一旁苟延残喘。院子后面是一块土包包空地，种的是荔枝龙眼什么的。怎么看，这都算得上是一个勤奋讲究之家。

　　还没走进屋，金秀就闻到一阵阵的香味。金秀跟着二老白进了屋，那香味就更浓烈了。灶门口坐着一个满头白发的老人，正在往灶里塞柴火。金秀心想这个是二老白的娘吧。

　　二老白抑制不了内心的兴奋，喊道，娘，这个是金秀，以后就是你的儿媳妇了。二老白的娘颤巍巍地站起来，双手不停地在前襟搓来搓去，比金秀还要局促还要拘谨。金秀走上前，涨红着脸叫了声，婶子好。二老白的娘咧嘴笑了，连忙说好好好。二老白的娘牙齿掉光了，一笑金秀就看到了她的后牙床。

　　金秀要上前帮忙，被二老白一把拽住了，二老白说，你新媳妇刚进门，哪能让你干活呢。金秀听到"新媳妇"羞得脸腾地红了，心里却暖融融的，二老白是个会疼人的男人。

　　二老白的娘也说，是呀是呀，你们到堂屋里说会儿话，饭菜一会儿就弄好了。

金秀坐在二老白的对面，二老白正傻乎乎地看着她笑。金秀也不知道该说什么，双手捏着衣角绕来绕去。听红姐说二老白还有一个弟弟嘛，怎么不见人呢？金秀问道，家里就你和你娘两个人吗，不是还有一个弟弟吗？

二老白脸色刷地变了一下，而后又恢复了常态，二老白说，老五出门了，要过几天才回来。

7

二老白麻利地收拾好桌子，从灶台上把一盘盘菜端上来，金秀也跟着他去端菜，二老白的娘趁机仔细打量金秀，一个人的相貌可以看出一个人的性格，二老白娘不会看相算命，但是她一眼就能看出金秀是个会过日子的女人，金秀给二老白当媳妇，她去见地下的老头子也觉得无愧于心了。

金秀吃饭很轻，听不到她咀嚼的声音。二老白不时往金秀碗里夹菜，金秀还没有吃完菜又送过来了，让金秀感到一种幸福的压力。在家里，菜都是银秀钢柱和爹吃好了，才轮到她和娘吃，家里如果来客人了，她和娘是不能上桌子的，只能等客人酒足饭饱后，她和娘把剩菜收拾下来躲在"愁屋"里吃。小时候她不能领会为什么厨房在五峰村叫着"愁屋"，长大后她知道了巧妇难为无米之炊，厨房是最让人头痛最让人发愁的地方，她顿时觉得"愁屋"这个名字起得太有水平了。金秀觉得这顿饭吃得最压抑也最幸福，她不能把碗里的菜一下子吃完，因为二老白会很快就夹一大堆菜过来，她也不能不吃，不吃二老白依然会不停地夹菜过来，碗就堆成了小山，那只会让她更加难为情。

娘，我下班了。

院子里传来了一声清脆的声音，像枪声一样把二老白和二老白的娘给打蒙了。二老白娘说，是老五回来了。二老白顿时僵住了，脸有些硬。

老五走了进来。金秀抬头看了一眼老五，老五个子比二老白要高一些，脸也端庄，头发梳得整整齐齐的，像是喷了发胶，穿着一套浅灰的工作服，胸前印着"乡食品站"四个红色的字，很扎眼，上衣口袋还挂了一支钢笔，笔帽闪着光。金秀的目光在老五身上扫，老五火辣辣的目光正盯着金秀，金秀慌了，胸里安了泵跳得厉害，金秀迅速将目光移开。

二老白娘有些生气地说，老五，你怎么回来了，不是说好这几天到食品站里住吗？

老五说，看娘说的，自己的家想回来不就回来？今儿活不多，下班早一些，我就回来看你了。

二老白娘硬硬地说，别假心假意，这是你二哥的媳妇，叫金秀，叫二嫂。

老五把右手往前一伸，说，你好。

金秀知道是要和她握手，但是她不习惯这样，愣了一下，垂下头没有出声。老五不愧为单位上工作的，说话都不一样，他没有说别的，而是很礼貌地问好。老五也没有叫她二嫂，如果叫她二嫂她会应吗？一个比她大十来岁的男人叫她嫂子，会让她难为情的。

　　二老白没有说什么，坐下吃饭，自顾自地埋头吃饭，金秀碗里没菜了他也没有夹了。

　　老五也不客气，端把椅子坐下就开始吃。老五边吃边说，今天有一个人在我们食品站卖粮食，卖了三百多块钱，他把钱装在了裤头里的袋子里，他去上厕所，被人用尖刀子顶住，硬是把三百多块钱给抢走了。金秀的心跟着紧张起来，咚咚地跳，怎么会有这种事呢？金秀觉得老五讲的事好新鲜也好刺激。吃饭时，她不时用余光偷偷瞄老五，老五的目光好像一直都没有离开过她，灼得她生痛。

　　二老白的娘眼皮不停地跳了起来，她感觉有事要发生，心里很慌，很矛盾。上次二老白相亲就把老五支走了，老五不知从哪得到了消息突然就回来了，结果把二老白的婚事给搅黄了。手心手背都是肉。二老白娘也希望老五能早点成个家，但是二老白都快四十了，再不找一个可能要打一辈子光棍了，这让二老白的娘觉得对不起死去的当家的。二老白的娘心里没底了。二老白心里也没底了。他们都感觉这事有些悬，怕上一次的事情重演。

8

　　吃罢中饭，捡好碗筷，里里外外收拾利落。

　　二老白的娘拉着金秀的手问这问那，如一对母女聊起了家常。

　　这时，门外传来一阵爽朗的笑声，金秀听出来是红姐的声音。红姐走到哪里那爽朗的笑声就会带到哪里。红姐怕这些新来的女娃们不适应，她会一家一家的去看看，说几句宽慰的话。二老白一家人都迎了出去。红姐以前是光明村光棍汉的恩人，现在也是二老白一家的恩人。怎样对待恩人呢？二老白一家人都没有了主张，反而更加拘谨更加手足无措，只能用脸上丰富的表情来表达。二老白把家里最新的椅子端过来，用嘴吹了吹，又用袖子抹，干干净净了才让红姐坐。红姐好似见惯了这样的场面。也难怪，红姐这几年为光明村解决了多少光棍呀，哪个不是把红姐当着菩萨一样供着。

红姐问，秀，咋样？

金秀抬起头来看着红姐，红姐没有打算让她说话，接着说，我跟你说，这一家子都是老实人，在这里过亏待不了你。二老白的娘笑呵呵地说，多谢红操心呀，你放心，金秀到我们家就像她自己家一样，我们决不会慢待。二老白老五坐在一旁听，他们能说什么呢？女人们说话男人插什么呀，就是一直静静地听，偶尔与红姐投来的目光相碰，也只是咧嘴一乐。

金秀闷了半天没说话。

红姐又问，秀，你咋了？是不是不习惯？刚过来是这样的，当年我嫁过来时也是你这样，过几天就好了。金秀犹疑半天，还是决定搏一下。她抬起头，盯着红姐说，我不想嫁给二老白！我要退婚。

红姐一下蒙了。金秀的话是从嘴里抛出来，像抛出了一枚炸弹，冲力波把整个屋子里的人都给镇住了。气氛有些怪异，仿佛凝固了。二老白甚至出现了耳鸣现象，他惊骇地看着金秀，刚才还好好地，怎么突然就变了呢？他嘴唇嗫动着，想说什么却无力张开。

金秀又说，红姐，我千里迢迢地跑出来，不是来找爹的，找这么一个人，还不如我在五峰村找一个呢。金秀用余光扫了二老白一眼，二老白的脸抽搐了一下，脸就有些扭曲，面容有些狰狞，此时此刻，她想到了喝醉酒的爹。她心里不由得生出一丝恐惧。

红姐神情有些怪异，她木然地望着金秀，又转过头来看了看二老白的一家人。二老白和他娘已经傻了。老五也呆了，上次他突然回家把二老白的亲事给搅黄了，如果这次再黄了他就真成了这个家的千古罪人了，现在他才知道为什么次次二老白相亲会把他支走的原因。二老白一家人都没有说话，他们张着惊慌失措的眼睛，很无助，一副可怜巴巴的样子，错愕地望着红组。他们把一切希望都寄托在红姐身上。红姐顿时觉得肩上的担子好重，压得她有些喘不过气来。

红姐重新打量金秀，这个小妮子太不简单了，刚才还是满意的，为啥一顿饭的工夫就有了这惊天的转变。红姐有些不认识金秀了，瞠目结舌地说，秀，秀，这可不是过家家，这讲好的买卖定好的期，岂可说变就变，秀，可可不能闹着玩……

金秀口气坚定，我是说真的，我要退婚！

红姐有些急了，呼哧着说，秀，我说了这么多的婚事没有一桩悔婚的，你你倒让我长见识了。

红姐停了一会儿，说，二老白对你不好吗？

好。

你看不上这个家庭吗？

不是。

那为什么……

金秀静默了好一会儿，说，红姐，对不起，我真无法整天面对一个比我爹小不几岁的男人，还长成这个样子。

红姐直愣愣地盯着金秀，眉头紧锁，渐有愠色，说，秀，我可没有瞒你哟，路上我就说他比你大十几岁，你来了也是看了人的，你自己答应了的，可不敢这么闹呀，咋能说不同意就不同意呢？

金秀抬起头来，看着红姐，说，红姐，对不起。

红姐有些急了，说，秀，钱我是给了你爹了，退婚可是要退人家二老白钱的。你想想，钱到你爹手里了还能拿回来吗？金秀又低下了头，半天没有说话。这样让大家都看到了转机。二老白的娘拉着红姐的手，压低声音说，红呀，钱我不要了，我真心喜欢这丫头，我就想要她给我做媳妇。红姐也是央求的口气，秀，你有什么想法就说出来，我们都会满足你的。

金秀沉默半晌，才说，做你家媳妇也行，但是我要嫁给老五。金秀的话像一记重拳，狠狠地打在二老白的脸上。二老白很无辜望着红姐，红姐也没有说话，她知道这丫头决定的事很难改变，她把目光投到二老白的娘身上，二老白的娘也知道这事已不能逆转，不过能让金秀做她的儿媳妇已是很好的事情了，只是从二媳妇变为五媳妇。她眉头蹙得更紧了，看了看二老白，沉默了好久，才很无力地说，也只能这样了。老五脸上的笑容稍纵即逝，二老白的眼神还在游离，浑浊的泪似乎要冲出眼眶，他在拼命控制着泪腺，不让它肆虐。

金秀突然对自己很厌恶，这样做确实对二老白伤害太大了，一股歉意之情油然而生，她怯怯地走到二老白跟前，看着他，很真诚地说，对不起。

二老白仍是错愕的表情，摇了摇头，没有说话，转身向院子外走去，身子瑟瑟抖动着，隐隐约约可听到他哽咽的声音。

9

金秀和老五结婚了。

老五还在食品站工作，白天上班晚上回，农忙时就请几天假回来干活。二老白现在更勤快了，一大早就猫在田里了，不到吃饭的点不回来。但总归是要回来的，和老五金秀他们住在一个院子里，在屋子里进进出出的，难免会和金秀碰上。有时二老白和金秀两人迎面就碰上了，两个人都慌了，想说什么却又不知道说些什么，就赶忙往边上躲。有几次两人都在躲，差一点就撞到一起了，别提多尴尬了。以前在田里干活就二老白和老五两个人，二老白要方便时掏出来就地解决，现在金秀来了让二老白很不习惯，他要跑很远的林子中去。

金秀觉得这样过下去不是个办法，想和二老白分开过，可是就这么三间房子，分开过还不是在一个院子里。说起来，金秀心里还是有愧的，虽说她现在已是老五的老婆了，但是她本应要做二老白的婆娘的，一想到这，她心里还是有着有些不自在，就觉得对不起二老白了，后来她就想给二老白介绍对象，她想啥时侯把二老白个人问题解决了就好了，不然她会在心里自责一辈子，她把五峰村里的女人一个不落地过了一遍，看有没有合适的，扳着指头数，一遍又一遍，可想来想去还真没有一个合适的。

金秀跟老五商量，要不要去市内找一份工作，这样就可以避开二老白了，也免得二老白心里别扭。老五觉得在理，就把乡食品站的工作辞了，带着金秀去市里了。老五在修路，金秀负责给那群修路的男人们做饭。很快金秀就适应了这里的生活。

那天晚上，老五把金秀压在下面，说，等修完了深南路，我们两人的工钱一结，就可以回去建一座新房子了。金秀知道老五的意思，房子一建就可以分家过了。就在这个节骨眼上，金秀突然想到了二老白和娘，她问，娘现在也不知身体咋样了。老五一边忙活一边说，还不是老样子。金秀又问，你二哥咋样了。老五不耐烦地说，能咋样，还不是在田里干活，闲了就在附近找份临时工做。两个人正在过生活时，你老是没完没了地说一些扫兴的话题，不是煞风景嘛。可是金秀不理会这些，说，我看了，工地人还有几个大一点的女人，也不知人家结婚没，我要多留点儿心眼，说什么也要帮你二哥找一个对象。老五突然亢奋起来，身子一阵战栗，突然停下来，不动了，嘴里大叫一声好。

傻欢欢

　　出了槐树湾，朝着正东方向，平坦辽阔的原野开始迅速地升高，道路已新铺了沥青，黑漆漆的，像通向地狱之门。走半个钟头，可以看到一块巨石耸立在路边，上写五个大字"郝家冲水库"，这时向四周望去连水的影子也看不到，看到的都是一株株高高的松树和一些杂乱无章的灌木。往东走通向另外一个村庄。往北边有一条路，拐进去，走一公里，一片面积宽广的湖水映入眼帘。这是一个人工湖，二十世纪九十年代初征用附近几个村的劳力，历时大半年修建的一座水库。水库三面环山，用一道堤一围就成了一个水库。遇上雨季，沟沟溪溪的水从山上流下来，汇集在这里就不跑了，水越蓄越多，种水稻时打开水库的蓄水闸，水顺着宽宽的渠道缓缓地流进水田里，稻苗喝了水渐渐抽芽、长高长胖。已是夏季，前几天一直下雨，水库的水位又涨了不少，但这两天雨水停了，浑浊的湖水变得清澈起来，水面上有成群的鱼儿游过，它们黑色的脊背露出水面，一突一突地游动。现在已经没有人在此钓鱼了，水库被一个混混包下了，再也没有人敢过来钓鱼了。水库周边环境优美，空气清新，现在已成了城里人游玩的好去处。槐树湾的人不来这里玩。就是一汪水，没什么看头。水边有几条橡胶筏子，给看水库的人十块二十块钱可租借一条筏子在湖水划上几个小时。大堤下不远处建起了一排房子，样子都是一模一样的，有徽派建筑的风格，是上边重点扶持打造的新农村项目，村民要建房子都会规划到这里，已有十来户人家了，新村现在已初具规模。这样一来，槐树湾村就分成了两个村，靠近水库的是新村，离水库远的是旧村，新村住的都是一些结婚不久的，远没有旧村的人多。新村的规模还在不断扩张，打桩机"哐哐"的钻桩声好像从来都没有停过。

　　傻欢欢一大早就把羊群赶着到了水库边。傻欢欢羊子放的好是公认的，一只只羊子长得明显比别人家的羊要膘肥体壮。羊子只会在外堤吃草，一般不会跑出堤外去，如果有哪一只羊子跑出去了或是跑到别人家的田里时，傻欢欢大声吆喝着，随手拾起一块小石子可以准确地投掷到羊身上，羊子像收到了指令，赶紧听话地从田里跑回来。大堤里面用水泥砌的，大堤外面是土，长满了各种叫不出名字的草。羊在外堤上吃草。傻欢欢站在大堤上，双手背在后面，有点领导的风范，只有在这时他才是放松的，但他的眼神却盯着湖水发呆。这时，钻桩机又打桩了，"哐哐""哐哐"响了起来，每打一下桩，地都跟着颤抖，水库的水也跟着跳，鱼儿也跟着跳，几只野鸭惊得贴着水面向远处飞去，几只羊吓得抬起了头，四处张望好一会儿才低头吃草。傻欢欢突然对着钻桩机大喊大叫，啊啊啊，他的声音掠过湖面，起了一层层漪澜。傻欢欢的声音能传好远好远，村子里的人都说傻欢欢如果不傻去当歌星肯定没问题。每当听到傻欢欢"啊啊啊"的叫声，大家都会说傻欢欢又发魔气了。傻欢欢只敢在没有人的水库上叫，他在村子里叫立马会招来一片骂声，有些不懂事的小孩会用石头往傻欢欢身上扔。傻欢欢刚生下来看起来还挺机灵的，长着长着就长傻了。傻欢欢的妈妈脑子也有问题，痴痴呆呆的，大人小孩都叫她"憨婆娘"，村民们虽然都没有学过医，但都能从医学的角度分析问题，他们说傻欢欢的傻是娘胎带下来的，又是吃憨婆娘奶长大的，不傻才怪。傻欢欢一家人是被忽略的一家人，不是傻欢欢每天赶着几十只羊子从村子里过，大家都想不起还有这么一家人。过年时，大人小孩都会跑遍整个村子挨家挨户地拜年，走到傻欢欢家时像躲避瘟疫一样跳过去，傻欢欢家年过得十分清静，门好像从来没有真正打开过，都是半开不开的，不是门前贴着崭新的年画和鞭炮燃放后留下的一层红纸屑儿，你根本不会意识到这样的破房子会有人住。村子里的人家过年都会换一批年画，有的中堂画是财神赐宝图，有的是观音送子图，有的是虎啸山林图，只有傻欢欢的中堂画是马恩列斯图像，仿佛还沉浸在那个激情燃烧的岁月。村里人看到、看不到傻欢欢一家人都无所谓，只是无意中提到傻欢欢时会说傻欢欢的魔怔越来越严重了，你听，傻欢欢又在叫了。

刘建民正在院子里打麻将，手气不是太顺，连放了几个"杠上花"，抽屉里的钱"哗哗"地往别人的抽屉里跑。刘建民一肚子火全撒在了麻将上，跟麻将有仇似的，每打出一颗麻将籽都要狠狠地往另一颗麻将子上砸。

村子里农闲时除了打牌还真是找不到其他的娱乐方式。你让种地的农民抱着一本书还真不是那么一回事，怎么看都觉得太假，太做作。只有打牌才切合这里的实际。

张翠花坐在一旁助阵，内心战栗地注视着牌局的变化，手痒得不行，恨不得把刘建民拉下来让她打。刘建民一脸严肃，比刘跃进传达上级精神还要严肃。旁边的人互相揶揄说笑着。不远处钻桩的声音"哐哐"地响个不停，震得刘建民的耳门子嗡嗡直响，脑壳皮子也抽搐着。刘建民沉不住气了，甩出一颗麻将籽，骂道，奶奶的，吵死了，搞得老子心静不下来。张翠花说，你别屎屙不出来怨茅厕，手气这么背，不如让老娘试试。说着屁股往刘建民的椅子上挤。刘建民非常不情愿，但到现在还没有和一把，转念一想换换手气也好，正犹疑着就被张翠花挤了下来，他换了个位置，坐在一旁当参谋。刘建民一下来就浑身不自在，乏味得很，不一会儿就哈欠连天，这好比打仗，只有真枪实弹上战场的人才能全神贯注。张翠花用手戳了他一下，他定眼一看，张翠花抓起来的牌确实不一样，已经听和了。张翠花扭过头看了一眼刘建民，眼神里得意溢出来了，刘建民故意露出不屑的表情，人却很服气地坐在那里，像小学生一样聚精会神地看老师在黑板上演示数学题。应该承认，风水这玩意还是挺有科学道理的，刘建民相信风水，好比家里的装修你看了不顺眼就会心不宁，心不宁则气不顺，气逆则万病生。说白了这就是破坏了风水。如果你的装修看到就舒坦则会气血畅通，气通则神清气爽，气爽则血畅气顺而百病消。这些都是有科学依据的，要不周易八卦也不会流传这几千年，刘建民对这一点是确信不疑的。

张翠花连和了好几把，把刘建民输出去的钱赢回来不说，还另外赢了一些。刘建民高声谈笑着，好像是他赢了，这样说也说得过去，张翠花赢不就等于他赢嘛，一家人的钱，挪来挪去只是左手换了右手。张翠花的牌技是高人一筹的，刘建民在这一点上也是服气的。这时，大堤上又传来了傻欢欢"啊啊啊"的叫声，听不清他在叫唤什么。声音越来越近了，像就在身边叫一样，只是没有听见羊的咩咩声。刘建民看了一下手表，说这傻欢欢，离吃中饭还早呢，这么早都死回来了，他傻妈肯定还没有做饭。

傻欢欢没有赶着羊子回来，是一个人跑着回来的，边跑边"啊啊啊"地大声叫着，一边喊一边用双手比画着。村子里除了傻欢欢的父母，没有人听得懂傻欢欢在比画什么在喊什么，也没有人愿意打理他，听得懂听不懂就不重要了。

傻欢欢跑到刘建民家前站住了。他把头伸进门框东张西望，头发蓬乱得像一堆稻草，好像他家根本就没有梳子，头发永远都是蓬乱的，他那样子不知是要听听人们在闲谈什么，还是瞧瞧别的什么，见没人理他，整个人才慢慢从门框外移了出来。傻欢欢浑身脏兮兮的，脸上糊满了泥巴，手上也糊满了泥巴，衣服上也全是泥巴，搞得"花团锦簇"，像从泥巴窝里爬起来一样。

傻欢欢神情有些不安，瘦削的脸颊红彤彤的，看得出是跑回来的，胸脯还一鼓一鼓的。傻欢欢出现在众人面前的形象好像很少改变，大多是倒背着双手，像一个村干部不疾不徐地行走，脚步是没有目的的，是不慌不忙的，正走着会突然停了下来，比如说有一些人在闲聊，他会站在很远的地方认真地聆听，用他那空洞的眼神专注地盯着说话的人或是打量四周的一切，那眼神充满哀伤和好奇。傻欢欢的样子看起来非常可笑，却又让人们想笑又笑不出来，有时是笑意刚在脸上酝酿出一丁点儿眉目，旋即又意犹未尽地令人遗憾地从脸上散掉了。这是非常让人感到尴尬的，但谁也说不出是什么原因。

大家看到傻欢欢的样子忍不住笑了。刘建民也笑了。傻欢欢忧郁的眼神隐没在长长的睫毛下，他总是穿着很大的衣服，指不定是捡哪个爱心人剩下的旧衣服，看着他的样子总让村子里的老人妇女心生怜惜。但是，傻欢欢也有让人讨厌的地方，男人们一想起傻欢欢的所作所为就会抑制不住严厉，脸色严肃，用一种特殊的语气跟他说话，带着戏谑，带着嘲讽，带着让傻欢欢心神不宁的各种意外。

傻欢欢看到刘建民也笑了，像放下了一桩心事，刚抬脚想进院子门，刘建民眼一瞪，手指着傻欢欢说，不要进来！

刘建民老爸刘跃进是村支书，他是村青年书记。怎么说村干部在老百姓眼里还是有一定威信的。傻欢欢不敢往里走了，反而向后退了两步，用满是泥巴的手挠了一下头，大声"啊啊"地叫，双手比画一个大大的圆圈。刘建民说，远些，不要影响老子打牌。傻欢欢往里走了两步。刘建民把脸一沉，指着傻欢欢，站住！站住！听见没有，我叫你站住，你别过来，不要把泥巴搞到我身上了。刘建民一脸嫌弃的表情，好像傻欢欢身上糊得不是泥巴而是令人作呕的粪便。刘建民见傻欢欢不动了，又凶巴巴地说，出去！

傻欢欢怔住了，若有所思的样子，没有上前也没有出去，带着一种奇怪表情兀自低语着。谁也不知道他在嘀咕什么，嘴唇只是轻轻嚅动着，像没有牙的老太太吃蚕豆——慢慢泡慢慢吮。他愣了半晌，目不转睛地看着刘建民，眼里闪耀着举棋不定的光芒，最后，他好像下了很大的决心，冲着刘建民大声喊道，"啊啊啊"。

刘建民本来心里就烦躁，好不容易让张翠花这几把好牌给压了下去，听到傻欢欢这么大声地喊，火又起来了，他腾地站起来，指着傻欢欢骂，你个神经病，是不是皮又痒了，我看你娃子是三天不打上房揭瓦。说着举起右手做出要打人的样子，傻欢欢吓得缩着脖子，"啊啊啊"地叫，带着哭腔，好似受了委屈。打麻将的看麻将的看到傻欢欢吓成那个样子忍不住笑了。刘建民继续骂道，再不滚看老子不打死你！刘建民向傻欢欢走去。刘建民的眼珠白多黑少，还是挺吓人的。傻欢欢怕挨打，向门外跑去，一边跑一边挥舞着双手"啊啊啊"地叫，在刘建民院子里玩的几个小孩子也跟着傻欢欢跑，一边跑一边学着傻欢欢的样子"啊啊啊"地叫。

张翠花有女人特有的敏感，她觉得傻欢欢有点反常，哪里反常她也说不出来，她看了看刘建民，说，今儿傻欢欢怎么啦？神叨叨的。

刘建民不耐烦地说，他哪天不神叨叨呀！

刘建岗说，别理他，撵走他就行了，我们打牌。说着把桌上的麻将一推说，重新起牌。张翠花一下慌了，说我的牌好好啊，你个死娃子就这样推了。刘建岗说，嫂子，推了重新来不是更好，再说我手上的牌也不差呀。黄明凯也把手里的牌往里一推，"哗啦啦"地洗牌。可以看得出他的牌也好不到哪里去。

傻欢欢在新村跑了一圈，又跑到了刘建民家。傻欢欢一阵风似的闯了进来，嗓门反而更大了，震得大家耳膜咚咚响，好似打桩机在耳朵眼里钻。刘建民要从椅子上起来，张翠花拽了他一把，说你理他干啥，他去村子里跑了一圈，没人理他他不是又回来了，你越是理他他越来劲，你不理他他就闹不起来了。刘建民说，村子哪有人呀，都来这里了，他摆出了村干部的威严，脸板着，异常严肃，指着傻欢欢，说你再闹老子就不客气了，说完两眼死死地盯着傻欢欢，眼神如一片锋利的刀片。

傻欢欢紧闭嘴唇，蹙紧了眉头，站在原地不动。

大家理所当然地又把精神集中在麻将上了。没有人理会傻欢欢，他在不在都不重要，村里又有谁曾将傻欢欢放在眼里呢。傻欢欢站得远远的，怯生生地看着他们打牌。傻欢欢有点像他那个憨娘，特别是眼睛，青蛙眼，往外鼓，乌黑明亮，蒙上了一层忧郁的阴影。傻欢欢慢慢向麻将桌靠近，像一个心怀不轨的人，谁也没有注意到他，他瞟了一眼刘建民，刘建民正盯着张翠花的牌，傻欢欢突然伸手从桌子抓起两个麻将子撒腿就跑，边跑边"啊啊啊"地叫。

刘建民骂了一句，你个神经病！刘建民向傻欢欢追去。刘建民当过两年兵，身体素质相当好，几步就追上了傻欢欢。刘建民一把揪住傻欢欢的头发，傻欢欢双手捂住头大叫，呜咽着发出"呀呀呀"的声音。刘建民挽起袖子，一副大干一场的样子。刘建锋劝道，哥，你可不要动他，他可害人得很，小心他揍你家小虾。这哪里是灭火呀，分明是火上浇油，一下子把刘建民的火腾地撩起来了。是的，傻欢欢也会反抗，大人他惹不起，但是他却有其他的手段让大人们头疼。傻欢欢就打过小虾。傻欢欢比小虾大三四岁，打小虾就像大人打小孩。傻欢欢说是小虾先打的他。现在被刘建锋这么的说，脑中闪过傻欢欢打小虾的一幕，刘建民一下子就失去了耐心。刘建民揪住傻欢欢的耳朵，这是一个肥硕的通红的耳朵，恶声问，傻欢欢，你还闹不，把麻将给我。傻欢欢眼睛充满了恐惧，"啊啊啊"地叫。刘建民又对着傻欢欢的头"啪"地扇了一巴掌，傻欢欢又"啊啊啊"地叫。

人们围了上来，笑嘻嘻地看着刘建民收拾傻欢欢。张翠花怕出事，一把拉住了刘建民，说，你跟一个傻子一般见识干什么呀，万一把他弄伤了怎么办，给他治伤不得花钱呀。

刘建民说，把麻将给我。傻欢欢憋足了劲儿硬是不给，拿麻将的手攥得紧紧的，拼命挣扎着，大声"啊啊啊"地喊起来。刘建民半天也没有扳开，反而出了一身汗，这么多人看着呢，连一个小娃子都没有办法，以后还怎么管这村里的年轻人。黄明凯笑刘建民，我的哥，你这一天三顿饭是白吃了的，连一个傻子都没得办法。黄明凯上前抓住傻欢欢的手，使劲捏住指关节，傻欢欢痛得"啊"的一声，松开了手，两个麻将子被窘红脸的刘建民抢走了。黄明凯捏着傻欢的下巴，说傻欢欢，你他妈的是不是想死呀，老子在这打牌你也敢捣乱。黄明凯是村里有名的二混子，什么活也不干，到处惹是生非，一般人都怕他三分，平日里傻欢欢见了也是绕着走的。

傻欢欢禁不住撇着嘴巴呜咽起来。瘦瘦的脸有些扭曲，那哭声藏着恐惧和不安。谁也不会理会一个傻子的哭泣，再说，傻欢欢哭的样子一点也不好看。大家看了，相视而笑。

谁没有骂过傻欢欢？谁没有打过傻欢欢？这是一件习以为常的事情。傻欢欢是害人精。村里谁家的瓜果没被他光顾过？但是却没有一个人把傻欢欢逮个现行。只是每次谁家的瓜果被偷了，就会有人说看见傻欢欢从菜园里出来。有时看见傻欢欢提一篮子草从菜园子里出来，以为傻欢欢草下面藏着什么瓜果，但是你把篮子翻个底朝天，在他身上搜上大半天也搜不出个什么来。后来，才发现菜园里的一个冬瓜被人动了，冬瓜被人挖了一个洞，里面是人屙的粪便。这种事除了傻欢欢会干谁会干！但傻欢欢死活不承认，双手摇个不停，嘴里也叽里呱啦地叫个不停，虽然听不懂他说什么，但是从他比画的手势里可以分析出他在辩解不是他做的。抓贼抓赃。毕竟没有人看到是傻欢欢伸手偷瓜果或看到傻欢欢撅着屁股对着冬瓜厕屎。这种事多了，人们也就习惯了，对待一个傻子又能怎样呢，大不了骂上几句，当然也有人控制不了情绪，把傻欢欢踢上一脚打一巴掌，这也是再正常不过的了。

刘建民走时，傻欢欢发疯似的扑过去，抱住刘建民的腿不让刘建民走，刘建民一把把傻欢欢推倒在地上。张翠花上前略带关心地问，傻欢欢，你今儿咋啦？是不是心里不好受？魔气病又犯了？傻欢欢脸颊肿了起来，红红的脸上有五个清晰的指印，他坐在地上，不动地、茫然地注视着张翠花。这时小虾和刘建岗家的二货走过来，对着傻欢欢脸上啐了一口痰，骂道"傻欢欢"。大家都笑了。

大家又继续打麻将。傻欢欢又过来了。刘建民扭头瞅了瞅傻欢欢，像在瞅他家圈里的猪。在他眼里，傻欢欢跟一个畜生没有两样，只会吃不会说话，只是他能站立行走而已。刘建民板着脸，厉声说，傻欢欢，你再给老子捣乱，把你弄村委会关禁闭。老子说到做到。

黄明凯笑刘建民，说他懂个毬？还关禁闭！看我的吧。然后清了清嗓子，大声喊了一声"傻欢欢"。黄明凯瞪着傻欢欢。傻欢欢吓得浑身直抖，细长的脖子好像承受不了头的重量，头无力地垂了下去，像吊着的葫芦，用余光瞥黄明凯。黄明凯说，傻欢欢，你信不信，再捣蛋老子把你的耳朵给拧下来。傻欢欢吓得忙用双手捂住了肥硕通红的耳朵，好像黄明凯已把手伸向了他的耳朵。傻欢欢又往后退了几步，也不

"啊啊"叫了，老实地站着不动了。

傻欢欢像是突然间发现了张翠花，慢慢地向她那边靠近，轻手轻脚，怕人看见似，就这么大的院子，怎么能躲过人们的眼睛。张翠花回头看了看他，拿起一元钱扭着身子递给身后傻欢欢，说，傻欢欢，喏，给你一块钱，你去买东西吃，不要到这里捣乱了。你要是再捣乱，他们打你我可不管了。

傻欢欢摇摇头，"啊啊啊"地叫。

张翠花又从抽屉里拿出一块钱递给傻欢欢。傻欢欢仍摇着头，"啊啊啊"地叫。

刘建民脸耷拉下来，说给你脸不要是不？你再给老子"啊啊啊"，老子把你的嘴撕破。傻欢欢不但没有害怕了，反而拉住了刘建民的胳膊，刘建民一把甩开，咬牙切齿地说，滚！不要把泥巴抹在老子身上了，滚！给老子滚！把老子惹毛了，有你好看！说着瞪了傻欢欢一眼，傻欢欢又不敢不动了。刘建民说完大家又笑了。

傻欢欢好像有些急了，脸上出现了异常狂乱的表情，额上鼻尖上沁出了密匝匝的汗珠，嘴里哼哼唧唧的，在院子走了几步后，扭身向院子外走去。

这时，砰的一声，二楼的玻璃不知被什么东西砸了一个洞，圆圆的，像一只茫然的眼睛。众人不知怎么回事。小虾跑了进来，大声喊道，爸爸，是傻欢欢，是傻欢欢用石头砸的，他往旧村跑了。刘建民往外一看，傻欢欢站在很远的地方冲他打手势，"啊啊啊"地叫，好像在说"你来呀，有种你过来呀"，挑衅的味道很浓了。

　　这时张翠花又和牌了。张翠花拉住刘建民，说算了算了，等下次看见他了再收拾他，不要因为他破坏了我的运气。刘建民气呼呼地坐了下来，说，下次看到他不结结实实地揍他一顿，老子不姓刘！张翠花说，一个傻子，你至于这样较真？少理他就是了。看我打牌吧。张翠花又开始抓牌，一抓四颗，一抓四颗，一立起来，好看得很。多好的牌呀！多好的手气啊！刘建民竭尽全力平息怒火，他望着张翠花是艳羡的眼神，张翠花得意说，我这段时间手气好，趁机多赢几把，你就不要理傻欢欢了，就当是他给我带来的运气。刘建民没有说话，他还在为傻欢欢置着气呢。一阵微风吹来，有水库水的味道，还有鱼的腥味及水草的青气味。门外已没有了傻欢欢的身影，不知道他又跑到哪里去了，那"啊啊啊"的声音也没有了，院子只剩下麻将子碰撞发出的清脆的声音。

　　刘建民伸了一下腰，突然看到旧村上空冒起了滚滚浓烟，他咬紧嘴唇，额头上现出几道焦虑的皱纹。张翠花也看到了，她说，谁家做饭这么大的烟？莫不是失火了吧。刘建民走到院子外面，微微眯起睛，踮起脚向旧村起烟的方向望去。那烟越来越大，可以肯定不是谁家在做饭了。这时，他猪圈里的猪像是没有吃饱，哼个不停，几次要冲出圈来，被高高的猪圈墙阻了下来。刘建民内心突然不安起来。至于为什么不安，他也搞不明白，反正心里七上八下的，心里预感到有什么不祥似的。这时有人远远地向他跑来，边跑边高声喊他。是三麻子。三麻子气喘吁吁地跑到他跟前，人还没有到就听到他上气不接下气地嚷道，建民哥，建民哥，傻欢欢……刘建民故作镇定地问，啥事，慌成这样。三麻子吞下一口唾液，又说，是傻欢欢，他放火，把你老爸家的一大堆稻草点燃了，你赶紧去救火吧，不然火就烧到你爸的房子了。刘建民看到刘跃进正在这场大火的某处慌乱地救火，他再也没办法平静下来，颤抖地尖叫一声，立即向旧村冲去。张翠花把牌一推说，赶紧去救火。黄明凯提起一个桶也往旧村跑去。刘建岗刘建锋跟了上去。打麻将的人全都跟着往旧村奔跑，张翠花在新村挨家挨户地喊人去救火。年轻人都拿着桶呀盆呀往旧村跑去，妇女小孩也跟着去看热闹，队伍浩浩荡荡，喊声震天，仿佛去奔赴一场期待已久的盛宴。

　　旧村的人早就争先恐后地出来救火了。刘跃进一副波澜不惊的样子，好像烧的是别人家的稻草堆，他双手叉腰，镇定地指挥救援，现场是一片忙碌的欣欣向荣的景象，怎么看不像是救火，而是救场，像他家打谷子时突然遭遇了一场暴雨，全村的人都过来争着抢着帮忙收谷子。平时给菜园里的菜浇水得到池塘里舀水，这次倒好，给村书记家救火，就连旧村路旁的渠道也给足了面子，那里面的水也比平日要满一些，这水应该是刚从水库放出来的，只是不似平日里那么清澈，浑浊不堪，像是大雨后从山上流下来的。当然在这个时间里人们是无暇关注这些的，心里当然是想早一点把火灭掉，让村书记家少受点损失，更重要的是让村书记看到他在这场火灾中的表现是多么的英勇多么的奋不顾身，在书记的心里留下深刻的印记。

　　稻草遇火就燃，哪还有救得了的道理，被火浇灭的稻草只剩下黑漆漆地一团，冒着烟儿，一大堆稻草被烧个精光。刘建民已停了下来，两颗骨碌碌乱转的眼珠正四处搜寻傻欢欢的身影，忙碌的村民们从他面前跑来跑去，就算傻欢欢在人群里也被淹没在中间，如果这时看见了傻欢欢他会毫不犹疑地扑过去，肯定一把把他摁在地上，狠狠地扇上几耳光踹上几脚。在对自己嘟囔，他妈的，这傻子真是个神经病、害人精，核桃板栗——欠打！刘建民愤怒和不满的神情已从脸上溢出来了，这个时候已经没有人可以挡住他火爆的脾气了。

这时，刘跃进家里的老母狗突然对着忙碌的人们莫名其妙地吠叫起来，它龇牙咧嘴，冲着人群咆哮，背上的毛已根根竖立起来，伸长脖子发出一声声恐怖的叫声，很凄惨的叫声。它跑过来咬住刘建民的裤腿不放。这狗一直很温顺，平日里难得听到它叫，就连从它身边抱走它下的崽，它也只是呜呜两声，今儿邪了门！刘建民哪有闲工夫理它，踢了它两脚竟没有把它踢开，它反而咬得更紧了。刘建民的目光无意中扫到那条渠道，眼中露出讶异的神色。他死死地盯着渠道里的水看，脸紧绷着，脸刚开始还是红色，慢慢又变成了青色，渠道里的水像一匹刚学会走路的小马，跟跟踉踉地慌慌张张地兴奋地撒着欢儿，一不小心就会跌倒，转眼间它像吃了膨胀剂，长大了，成了一匹无人能驯服的野马，肆无忌惮地奔跑，很快就跃出了渠道。

轰隆一声巨响，水库的泄洪闸好像被人打开了，水哗哗的声音像巨狮发出的怒吼，也像山洪暴发排山倒海的响声，明明红日高照，却似起了暴风雨的感觉。水声盖过了人们嘈杂的声音。人们都怔住了，不由得循声往新村望去。刘建民竭尽目力往新村望去，高高的桩机已经斜倒在一处房子上，汹涌的洪水从新村的房子中间流出，还有一处小瓦房在洪水中坍塌。

刘建民大声喊道，决堤了！

滔滔洪水转眼间就奔涌而来，那洪水中混合了泥浆、杂草、花生秧、芝麻秆、塑料袋、泡沫、椅子，还有麻将桌，刘建民对自己家的麻将桌是认识的，桌面上镶着绿色的天鹅绒桌布格外醒目，还有一些乱七八糟的杂物顺着水流向前漂，一会儿又停留下来，在原地打转，然后被下一波水给带走了。洪水中出现了一个又一个白点，忽大忽小，在水中翻滚着，等近了才发现那白点是一头猪和几只羊子。刘建民发现了自家的杜洛克猪，它正悠闲地趴在一块木板上，身子全部浸入水中，凭借木板的浮力休闲地将头和两支前蹄露出水面，它竟然面带感激地微笑，感谢这场洪水把它从猪圈内搭救出来，开始了它奇幻的漂流之旅；那几只羊子是傻欢欢家的，在水中翻滚着，有一只羊子的头浮出水面，它把眼睛睁得大大的，模样慌张悲凉，那是一种绝望的恐慌，它咩咩地哀嚎，如同婴儿的啼哭，让人听了有一种说不出的难受。很快，被洪水冲得没有了踪影。

水很快漫到了人们的膝盖，大腿，腰窝，传来老人妇女的叫声和孩子的哭声。

刘跃进像伟人一样，把右手一挥，大声说，大家不要慌，不要抢家里的东西了，人逃命要紧，都跟着我往村子北边去，那里地势高一些，等水库的水泄完了就没事了。刘跃进一句话就给人们找到了一个庇护所，人们木偶似的跟着刘跃进往旧村北边走去，虽然水只漫到腰部，但因为人心慌乱加上水流的力量，人在水里走起来十分困难，大家相互搀扶着，形成一个队形慢慢地向北边移去。

刘建民在后面压阵。刘跃进说，只有村里人全部撤完了你才可以走，因为你是共产党员。刘建民蓦地来了股子力量，从来没有今天这样让他感到责任重大，一丝也不敢马虎了。他冷静刚毅的面孔警惕地四处张望，从容不迫地指挥年轻人护送老人妇女小孩先走。面对这样的洪水，村民们都是惊慌失措的样子，那些年轻人也吓得变了脸色，平时牛哄哄的黄明凯也脸上惨白，低着头像怕见到人似的，混在老人妇女小孩中间一起向北边走了。只有刘建民站在水中，神情镇定，那军人的风范和村干部的作风就显现出来了，格外地英武逼人。

旧村除了最北边的那个高坡没有被淹没外，周围全都没入了水中，好似一片汪洋。新村的情况不太明了，可以想象得出那里绝对是一片狼藉，新建的房子应该没多大问题，但是里面的家具被子肯定会被水浸了，甚至被水冲走。

当一阵凶猛的洪峰呼啸而过后，水势减弱了。洪水遇上大地，很快四处隐散，躲进了池塘里、田畦里、庄稼丛中，像温顺的羊安静下来，似刚下了一场大暴雨，低洼处积满了水，有鱼虾在洼水中慌乱地游动，人们却没有心思抓。不知从哪里来的飞蛾、飞蚁，它们不停地拍动翅膀，在旁边飞来

飞去，有的甚至扑在了人身上。四周恢复了平静。小树、庄
稼整齐地向一个方向歪去，有的贴在了地面上，有一些杂草、
塑料袋被树枝挂住，无精打采地吐着气泡儿。事情发生得太
快，人们好像还没有缓过神来，神情呆滞手足无措的样子。

　　村里人都挤在那个小小的制高点上，见水已退去，有些
人开始往旁边走动，只是没有刘跃进的命令，人们还不敢散
开。刘建民望着聚集在一起的惊魂未定的村民，他反而放松
了。庄稼应该没什么问题，扶正、培上土、施上肥，过几天
就会缓过神来，那些被冲走的牲畜应该还可以找回来，或者
它们自己会跑回来，损失还是有的，远没有他想象得那么严
重。幸运的是新村的人都跑来救火了，人没有被水冲走一个，
这已是不幸中的万幸，如果有一个人被水淹死了，他、他老
爸，作为村干部肯定脱不了干系，想想这可怕的后果刘建民
不寒而栗。他突然想到了傻欢欢！他开始在人群中搜寻，突
然，眼睛触到了一双往外鼓的青蛙眼，只不过那一层忧郁的
阴影已不见了。是傻欢欢！傻欢欢一手攥着儿子小虾的手，
一手攥着二货的手，正咧着嘴巴"啊啊啊"地冲着他笑呢。

　　刘建民也冲着傻欢欢莫名其妙地笑了，笑得那么不自然，
却又是那么开心。

大雪温暖

　　天色昏黄，似弥天大雾，笼罩四野，给人一种分不清早晚的错觉。冷飕飕的北风刮得雪花在天上乱转，似万千只蝴蝶缠绵飞舞。我父亲总是在天刚蒙蒙亮时就一声不吭地起床了。他知道我母亲腰痛，干活时总是偷偷摸摸地干，等我母亲发觉时，活儿干得已经差不多了。有时我母亲硬要参与劳动，他总是以各种借口搪塞过去，天气热了、冷了、太晒或下雨都是借口，总之就是要想方设法让我母亲多休息会。

　　打开菜棚的门，眼前白茫茫的一片，晃得我父亲睁不开眼睛。下了一夜的雪，到现在还没有停下。我父亲轻轻掩上门，踮着脚向最北边的菜地望去，北边仍是白茫茫的一片，那一片菜地完全被雪覆盖了。我父亲认为，这么大的雪，上街卖菜的人肯定不多。不是每一个菜农都像我父亲一样勤劳。

我父亲是十里八村闻名的庄稼人，他八岁时就已经在生产队当一个准劳力使用了，十八岁时当上了生产队副队长，他大字不识一个能当上副队长，除了能带头干活被村长相中外，我实在找不出第二个合理的解释。

我父亲戴上了绒帽，把护耳打了下来，把头包得像粽子一样。他换上了那双黑色的长筒胶靴，提着一个大提篮顶着风雪往最北边的菜地走去，每走一步都会发出"嘎吱嘎吱"的声音，雪很深，就差那么一寸就要淹没胶鞋了，抬脚时有些困难，每走一步鞋都差点被厚厚的积雪拔掉。最北边种的是白菜，那里靠近路边。我父亲没有读过书，好像没有主意的人，事事都对我母亲言听计从。我母亲虽然只读了三年书，却是一个很有规划的人，这块地种什么那块地种什么，今天该卖哪里的菜明天该卖哪里的菜，她心里明镜儿似的。因为我母亲的计划加上我父亲的勤劳，我们这一大家子仅靠这三亩旱地就解决了温饱问题。我们的学费也是没有问题的。更难能可贵的是，我家从来没有拖欠过村里的公粮款，虽说手里没有多少余钱，但也没有外债，这也是我母亲最为自豪的事。这样，我母亲瘦弱的腰板可以很努力地挺直了出门。我母亲总是在菜长到最好或菜价涨到最高的时候让我父亲出手，让我们挨过了一个又一个青黄不接的年景。

我父亲选择最北边的白菜地倒不是因为这里的菜长得比其他地方的好，主要是我母亲考虑靠路边的菜容易被路过的人顺手牵羊，眼看着就快过年了，也是小偷最活跃的时间。这个时节了谁不想过一个丰足的年呢？小偷也不例外。我父亲母亲只有大年三十到正月十五这半个月在家里面住，其他日子都在菜棚里住，防小偷是一个原因，更主要的是干起活儿来方便，我父亲总是在别人已经睡觉了的时候他还在地里干活，总是在别人还没起床时他已经干了几个小时的活了。我父亲背朝着北方，弯着腰，双手伸进雪里一伸就摸到了一棵白菜，然后再把白菜左右摇几下，白菜就连根拔起了，雪下面的土早就被冻酥了，松得很，根须上的泥土很少，他把白菜上的雪轻轻地拍掉，就像拍儿时的我入睡一样。

雪，落在我父亲的帽子上、棉袄上，他顾不得拍打，臃肿的冬衣上落了厚厚一层，像一个巨大的雪人，在空无一人的雪地里轻轻移动，与白茫茫的雪地融为一体，他不移动你根本看不出来那里蹲着一个人。我父亲一摇动白菜，身体也会跟着抖动，身上的雪扑簌簌落下来，有一些落在了白菜上，他一吹雪就走了，有一些落在他的睫毛上，他一眨眼睛就融化了，落在眉毛上的雪半天都化不掉，像武侠小说里的白眉大侠。

我父亲把采摘的白菜一篮一篮地扛进了菜棚边，一会儿就堆成了一座小山。

我母亲从床上醒来，发现我父亲已在不身边，她已经习惯起床看不见我父亲，她知道我父亲肯定去采菜去了。除了菜地我父亲好像没有地方可以去，别的人在这个时间里肯定是赖在暖和的被窝里不肯起来，就是起了床的人也是围着火盆聊天打牌，我父亲连牌也不会打，好像他除了干活就不会其他的了。我母亲曾多次埋怨他除了干活外什么也不会，叫他去学打牌，这样可以消磨时间。我父亲低着头，一声不吭，像做了错事的孩子，他说什么也不去跟别人学打牌，他把我母亲整日里唠叨的这句话当作耳旁风，十分固执地坚持在菜地里消磨时间。

我母亲打开菜棚的门，一阵寒风往她身上扑，她打了一个寒噤。我父亲正伛偻着腰在菜棚前面打理白菜，镰刀挥去，菜根从挨着白菜帮的地方齐刷刷地砍掉，然后打去白菜外面的叶子。我父亲知道现在的人的嘴刁得很，白菜要剥好掉几层叶子，剩下白花花的菜心才能吸引买菜人的眼睛。

我母亲赶紧收拾自己，毛线织的帽子、围巾，高帮棉靴、围裙，全副武装地过来帮忙。我母亲的身体像熊猫一样金贵，稍有不慎就会着凉，一着凉就会高烧不退，我父亲就得忙完外面忙屋里，像伺候他钟爱的菜地一样伺候我母亲。我父亲越是这样做越是让我母亲觉得很愧疚，她甚至怀疑她是这个家里多余的人，什么也做不了。我母亲尽量把自己照顾好，免得帮不了忙还得一个人来照顾她。我母亲是一个很要强的人，事事不甘人后，八十来斤的体重硬是要挑百十斤的东西，每到农忙时节总能看到她瘦弱的身影和我父亲一起在田间奋战，我母亲就是这么好强，她认为庄稼人田里劳作是天经地义的事，她不想成为家里多余的人，也不想让村里人说她这么年轻就吃闲饭，就算身体吃不消也会一直硬撑到把农活干完，那时她才会跟我父亲诉说这里痛那里痒。有时我父亲偷偷地出门干活了，我母亲知道后却不能赶过去，她只得坐在门口一针一线地修补着我们的衣服。在不能出门的日子里，我母亲更多的时间是在一些旧衣服和废弃的布头上花心思。我母亲用这些别人家不要的东西创造奇迹，为我们制作出一件件别具特色的衣服，让我们兄弟三人不至于在大冷的天露着屁股出门。

我父亲看见我母亲那架势，关心地说，你坐那里歇会儿吧，这点活我一个能行。我父亲说话时哈出了白气，像雾儿一样浓。我父亲把小马扎递给我母亲。我母亲接过来说，我刚起来，歇什么歇。

我父亲又说，天还早呢，要不你还是回床上躺着。我父亲看了我母亲一眼，用商量的口气说，你的腰还没好呢，要不坐在一旁歇着吧。

我母亲慈祥的目光瞪了我父亲一眼，谴责着说，你以为我是灯草掺屁做的，这活儿我行的。说着话一屁股坐在小马扎上，我母亲强调，昨晚贴了伤湿膏，腰没那么痛了。

我父亲目光与我母亲的目光一对上，嘴唇嚅动几下，话到嘴边又咽了回去，而后低头剥白菜叶。我父亲能说什么呢？只能在干活时尽量地提前尽量地多干，尽量地抢着干，才能尽量地让我母亲少干。什么活都怕我父亲，他那双粗糙的大手像一个怪兽，把田地的活儿一件件地吞噬。

我母亲的手刚挨到白菜像触了电，手一哆嗦，深深地"嘘"了一口气。白菜外面结了一层冰凌，剥开白菜叶一层层的冰渣子纷纷扬扬地洒落在地上，转眼融进了地里。她没有停下。我父亲的手一直也没有停。我父亲的手冻得像两个红萝卜，他的手一直在冰冷的白菜上摸来摸去，手早就冻木了，好像没有了知觉，但那粗糙皲裂的手冒着冷天特有的热气。离大年三十没有几天了，气温却越来越低，菜棚屋檐上还挂着好几串冰柱，就连菜地的压水井也被冻住了，要想压水得用开水灌进井膛，待冰融化了才能把气接上来。雪好像没有打算停下的意思，让人们感觉不到春节就要到来的气氛。我父亲听到村子里传来了一阵猪嚎，无力地叹了一口气。我家的年猪前几天都杀了，卖掉了一半，还把半截座臀和排骨送给了城里的亲戚，养了一年到头的猪只剩下几斤槽头肉了，这几天我们一直嚷着要吃肉，我母亲每次只切那么几片，根本不够我三兄弟填牙缝。我父亲这时像跟白菜有仇似的，手中的镰刀飞快地砍向菜根，一片片菜叶子从他手中脱落。我母亲把这些打掉的叶子分为三六九等，分别摆放在一起，好一点嫩一点的叶子可以炒给我们吃，差一点的叶子切碎了拌上谷糠可以喂鸡，再差一点的剁碎了喂猪，就连菜根我母亲也堆放地整整齐齐的，等到天气好了弄出去晒干就成了柴火。

打好叶子，又把一棵棵白菜装进手拉车里。我父亲搓了搓冻僵的手，又伸到嘴边哈哈热气，双手才有了精神，再冷的天父亲也不喜欢戴手套，他觉得隔了一层东西干起活来不利索。他把手拉车的肩带斜挂在肩上，拉起车子往路上走，我母亲在一边推，干涸的车轴发出"吱吱"的声音，车子走过，雪地上留下两道很深的车辙和两双深浅不一的脚印。我父亲把车拉到了路边，让我母亲回去歇着，天气冷了我父亲说什么也不会要我母亲陪着上街的，他拉得动这一车菜，完全没必要多一个人跟着去受冻。我母亲没有回去，越是天气恶劣她越是要陪着我父亲一起上街。

　　雪不知什么时候停了，愈发冷了。我父亲佝偻着腰拉着车，像一头负重的老牛，一声不吭地走着，我母亲跟在后面使劲地推着，她哈气时风往牙缝里钻，像嚼冰凌渣，牙帮子寒得厉害。我母亲没有说话，她怕一说话寒气愈发往牙缝里钻。车子没走多远，他们遇到了聋子两口子。聋子拉着满满的一车白菜，他老婆在前面拉。聋子说，老好哥，这么大的雪，你还出来呀。我父亲为人老实，大家都叫他"老好"。我母亲接话道，不出来不行呀，这两天还有人上街，过了大年三十，没有十天半月就没有人上街了。

　　聋子老婆接着说，可不是嘛，我叫他趁这几天街上还有人抓紧卖菜，他死活不愿来，说街上没人，你没去怎知没人呢？

　　聋子梗着脖子，青筋凸露，气呼呼地说，这么大的雪，鬼毛都没一个，我看你等会把菜卖给哪个？

　　聋子老婆气呼呼地说，不卖，一园子的菜你吃。涨死你！

　　我母亲觉得不大对劲，生怕他两口子在路上吵起来，插话说，吃得完也行，这么多菜。不管街上有没有人，反正在家里也没啥事，到街上混时间比在家里要强。

　　聋子老婆口气缓和了，眉毛挑了一下，说可不是嘛，做生意这个事说不准的，万一撞到了呢。她扭过头问，嫂子，这么冷的天你也出来。

　　我父亲附和着说，可不是嘛，这么冷的天，我让她在家里别出来她就是不听，这一车菜我一个人还有法。

聋子老婆听了我父亲的话像是炮仗碰着火星儿"砰"地炸了，你看人家老好哥，啥时都想着要照顾嫂子，我整天做这做那你还不满意。聋子懒得搭茬儿，低着头拉车，但明显心里有气，跟雪有仇似的，故意把步子踏得很重，在雪地里踩出一个又一个脚印。聋子老婆说话时不觉放慢了脚步，那根绳子软塌塌地吊成一个弧形，就差挨着地了，聋子在后面吃力地拉着，脚底打滑差点滑倒，冲着他老婆咕哝着骂了一句，拉你的车，绳子都拉弯了你。聋子老婆猛一使劲，车子向前窜出去好远。聋子两口子吵了一辈子，也打了一辈子，在一起生活了十几年生了四个孩子，夫妻吵架打架是一件很正常的事情，哪有勺子不碰锅，哪有牙齿不咬舌头，人们并没有因为他们天天吵闹而觉得他们的生活不幸福，反而经常有一阵阵爽朗的笑声翻过他家的院墙。聋子的车一直在前面，我父亲的拖车始终与他们保持着八九步的距离。

聋子把车子拉到街上停好。这时我父亲也把车子拉了过来，我父亲额头上沁出了密密麻麻的细汗，最里面捂冷的秋衣也汗湿了。

聋子老婆对我母亲说，嫂子，我们回去吧。

我母亲说，我不回去，我在这里看看。

聋子老婆说，你看什么看，有什么好看的，你还怕老好哥攒私房钱。

我母亲笑了，说他要是能攒私房钱我倒高兴了，他呀，就算攒了私房钱也没处花。

聋子老婆又说，还不是，你在不在不都一样？有老好哥一个人就行了。

我父亲跟着说，是呀是呀，你回去吧，你在这里也没有用。

我母亲心里一暖，脸上掠过一阵淡淡的红晕，瞪了我父亲一眼，故意生气了一样地说，你就这么希望我回去？我在你眼里就是一个负累，这么没有用？我父亲哪里分辨得出这话里真实内涵，被我母亲这么一呛，半天说不出话来。我母亲对聋子老婆说，你回吧，回去了也没甚干的，像一个悴瓜，还不如在街上看看热闹。

聋子老婆说，这大冷的天，来上街的人也少。她看我母亲没有回去的意思只好一个人走了。

我父亲把车子顺了个头，方便顾客挑选，跟聋子的车并排挨着，这样两人就可以唠话了。菜农果然没有几个，全是那几个经常卖菜的人，大家都很熟了，站在各自的领地大声说着话儿。街上买菜的人也少，好半天才过来一两个人，这个时间谁愿意上街，不是家里确实没有菜吃了谁会上街，赖床的人也可用天冷这个借口窝在床上不起来。

我母亲则站在车子旁边张望着，两只手交替插在袖套里捂手，等待买家的光临。我父亲和聋子站在靠墙根的地方跺脚取暖。我父亲这个时候一定要抽烟解乏的，他抽的是"联盟"牌烟，都叫它"黑烟棍"。这烟一看就知道是劣质烟，但劲大得很，抽一根顶抽其他烟两根，一毛钱一盒是我父亲选择它的主要原因。我父亲走过去，递给聋子一根"黑烟棍"，他刮火柴时怕被风吹灭了，与聋子凑得很近，两人挨在一起背对着风，双手小心翼翼地捧成一个半圆，像捧着一只滑溜溜的鱼，火柴棒在火柴盒上的砂皮上一擦，"嗤"的一声刮燃了，两人赶紧对着火吸了起来。"黑烟棍"劲虽大，却经不住我父亲抽，我父亲有些意犹未尽，吸到已经捏不住了，才很不舍地把烟蒂丢在雪地上。烟头的火星很快被雪熄灭了，雪水一泡，纸泡融了，烟丝散了，那一块雪立即变为褐黄色。几只麻雀屋顶上跳来跳去，仿佛在雪中刨食，又仿佛在雪中洗羽毛，丝毫不畏惧这寒冷的天气。一阵风吹来，惊得麻雀拍着翅膀飞向别处，屋顶上的雪洒下来，像一团白雾落在我父亲的身上，我父亲缩了一下脖子，忙用手拍打头上的雪。

太阳很艰难地晃了出来，来上街的人开始多了，一个个缩着身子跺着脚，胳肢窝夹着一个蛇皮袋子，这个时候应该是置办年货的时间了，就算家里有一些菜，也得为春节多储备一些，过年嘛，总得像个过年的样子。买菜的还没有走过来，卖菜的已开始喊，买菜不，菜便宜卖呀。我父亲不愿意喊，不过他已从墙根站到了菜摊前，伸长着脖子望。我父亲炽热的目光落在一个又一个买菜人身上，好像他的目光能够发出声音，看着他们他们就会过来买他的菜。买菜的还没有走过来我母亲就热情地打招呼，好像每一个买菜的人她都认识。在她的招呼下有几个人拉不下面子很不情愿地过来买菜，我母亲倒是不会让他们吃亏，他们付完钱临走时我母亲还塞给他们一棵白菜，他们面色立马好看起来。自家地里长的菜，加上价格也不好，过了年白菜就会起苔，那时就更不值钱了，吃也吃不了，总不能任凭它疯长烂在地里，我母亲不择时机的送人情，不光是多给买菜人一点甜头，这几天四周的邻居哪家没有收到我母亲的白菜呀。看着大半车白菜堆在那里迟迟不见少，我父亲有些急，这些菜卖不掉确实是一件很让人头痛的事，倒掉是不可能的，不是可惜而是种菜人的罪过。只能第二天再拉上街，如果第二天还是这样的天气呢？我父亲又掏出了一根"黑烟棍"。我母亲轻轻地说，你少抽两根，昨晚咳了半夜这么快就忘了。我父亲犹疑了一下，很不舍地把那根"黑烟棍"塞进了烟盒里。

日头升上头顶时，屋顶上的积雪也开始慢慢融化，雪水顺着屋檐滴滴答答地流，先是把地上的雪冲出一个洞，水在雪下面走动，慢慢形成一道的沟壑。上街的人也多了起来，走来走去的，把街面辗得一片泥泞，泥巴、污雪、冰凌渣子在一起特别地滑，好几个买菜人滑倒了，在众人的笑声中窘迫地爬起来，一边拍打身上的污泥，一边说"他妈的，这么滑"。当人的身影在雪地里变得越来越矮时，也到了中午吃饭时间，街上的人一下子少了，一些看不到希望的菜农开始收拾东西回家。聋子也打算回家了，对我父亲说，老好哥，回去吧。我父亲看了我母亲一眼，见我母亲没有回去的打算，说再等等看。聋子笑着说，当不住家吧，还要我嫂子发话才敢回去。没人上街了，回去吧。我父亲犹豫不决，又看了看我母亲。把菜拉回去我父亲倒是不担心，大不了过年吃上"白菜全席"，这一点我父亲是很有信心的，我母亲的厨艺在村子是很有名的，很多家里来了贵客或是操办红白喜事都要找我母亲帮忙，醋熘白菜帮、酸辣白菜帮、炝炒白菜帮、酱炒白菜帮、糖醋白菜帮，光是白菜帮我母亲就能做出上十样菜来，吃得我兄弟三人像白菜一样白白嫩嫩的。只是这么好的白菜给我们三兄弟吃，我父亲觉得有点可惜，种菜何曾吃过这么好的白菜心呀，不到大年三十他不会放弃希望。聋子没有耐心等了，他拉着一车白菜走了，走好远了还回头喊了我父亲一声，老好哥，回去吧，明天再来吧。我父亲说，你先走吧，我再等等看。我父亲的话在空荡的大街异常洪亮，房顶上的很大一坨雪滑了下来，仿佛是被他的声音震落下来的。

街面上还有三个卖菜的，不过都在收拾东西，这给我父亲造成了很大的压力。我父亲用商量的口气说，要不我们也回去吧。我母亲也很纠结，她还是想多待一会，说不定就能卖几棵白菜呢，但是她不确定，心虚得很，弱弱地说，还是等等看吧，你抽根烟吧，一根烟后如果没人我们就回去。我父亲手伸向口袋，手已经摸到了烟却缩了回来。我父亲看了我母亲一眼，我母亲假装毫无感觉，盯着街的另一头出神。屋顶上的雪水不停地滴，而此时的街上阒无一人。雪地上只有人们脏脏的零乱的脚印停留在那里。

街的另一头出现一个人，小心翼翼地在雪地上走着。走近了。是一个西装革履戴着蛤蟆墨镜的年轻人。一看就不像是一个买菜的人。年轻人西装里面只穿了一件白衬衣，冻得牙帮子直哆嗦。我父亲特别看不惯，他想到了我大哥，我大哥也是这样打扮的，冻得浑身发抖也不愿多穿一件衣裳，小时候为穿衣裳没少挨我父亲的打。以前我父亲会用鞭子抽他，现在大哥读高二了，个子高我父亲一头，说话一套一套的，我父母都不够他一个人说，我大哥不爱学习，每到周末穿着白衬衫喇叭裤扛着"燕舞牌"收录机就出门了，他跟一帮年轻人跳迪斯科，总是深更半夜才回来，我父亲特别看不惯，管又管不住，只得由着他的性子来。尽管年轻人盯着街面小心翼翼地走着，但是他的皮鞋和西裤上还是糊上了泥巴。他给我父亲的印象非常不好，但我父亲没有表现出来，反而抻长了脖子看着他，似乎在等待一个奇迹的发生。

我母亲热情地招呼，买菜不？又白又嫩的白菜心。

年轻人扫了扫卖菜的人，不知是不是被我父亲憨厚老实的样子还是被我母亲的热情所感染，他径直走了过来。年轻人的眼睛躲藏在墨镜里，我父亲不能确定他有没有在看他。年轻人努动着嘴唇，蹦出一句，呃，老头，你这白菜咋卖？

我父亲才四十出头，可能戴着大绒帽特别显老吧。我父亲倒不计较老头不老头的，只要买他的菜就行，他笑着说，一毛二。

咦，还这么贵。年轻人一副很惊讶的样子。

我父亲说，前几天还两毛呢，不是下雪上街的人少，一毛五我都不卖。

年轻人说，前几天是前几天，现在是现在，都什么时候了，再不卖就过年了，我看你卖给谁。老头，便宜点。说完头扭向别处，有种向另一个菜农走去的意思。

我父亲有些慌了，诚恳地说，你要是买的多，可以便宜点。

年轻人把蛤蟆镜取下来，插在衬衣胸口处，然后仔细端详着我父亲，像打量那一车白菜，说，嗯，我把你这一车白菜都买了，五分你卖不卖。五分钱一斤，我把你一车都买了。年轻人又说了一遍。

我父亲本来对这大半车白菜不抱什么希望了，现在他又仿佛看到了希望，眼中闪烁着热烈兴奋的光芒，我父亲怕他走了，但又想拗一下价格，拗多一分是一分，我父亲说，一毛，一毛一斤是最便宜的了，若是往日就是把一车全买了，没有一毛一毛二也买不到。我父亲捧起一个大白菜往年轻人面前一递，说，你看看，你看看，我这白菜打得多狠，全是白菜心了。我父亲特意强调，这白菜没有上过化肥，吃起来不酸，甜丝丝的。

年轻人用指头戳了戳白菜，白菜心包的很实在，又撕下一小片叶子放进嘴里嚼，一副很在行的样子，他把菜直接吃了下去，他知道是好东西，语气软和了许多，说，嗯，不错，还是蛮嫩的。你们也不容易，这么冷的天还要拉上街，你也别说一毛了，我也不说五分了，你让一步我让一步，六分钱一斤，就这么定了。口气很坚定。我父亲觉得价格拗不上去了，再拗只会把年轻人拗走。他看了看我母亲。我母亲说，六分就六分。我父亲从身后拿出那杆秤。年轻人说，老头，一车你还要称呀，那要称到什么时候，估一下就行了。他看了看手拉车，看了看白菜，说就算一百斤吧。听口气好像给多算了一样。

我父亲卖了这么多年的菜，他的眼睛就是一杆秤，对各种不同的菜瞅一眼就能估算出多少斤。我父亲自信地说，这一车白菜少说也有一百五十斤。

年轻人果断地说，我说一百斤就一百斤，你卖还是不卖，不卖我就去买别人的。

从年轻人的表情上看没有回旋的余地，主动权在人家手里，我父亲又看了我母亲一眼，我母亲迟疑了片刻，说，卖，卖。

年轻人又说，那你还得给我送到街头，帮我把白菜装上车。

我父亲看年轻人就不像一个干活的人，钱还没给呢，人家提出来的要求也只能满足了。这一车菜从菜地都拉到街上来了，还在乎再从街心拉到街头？我父亲本来就是一个地道的庄稼人，对干活从不排斥，哪怕是给别人帮忙干活他也像给自己家干一样，他丝毫没有犹豫，说没问题，送到哪？

年轻人撅着嘴，带过滤嘴的香烟在嘴里打了个转，朝着街南头的方向。

街南头离街心有三公里的样子，这一点路对我父亲根本就不是多大点事。我父亲往手心里吐了一口唾沫，搓搓双手，然后握住手拉车的把儿向街南走去。我母亲也跟着过去了，她推着车扶手。街上的雪已经化了，到处都是脏泥。我父亲蹚着稀泥往街南走去。这时他原本郁闷的心绪早已没有了，感觉特别的轻松。年轻人跟在后面说，老头，这稀和烂泥的不好走，让我坐上车吧。我父亲母亲同时回过头来，看着他的皮鞋，那是一双很新的皮鞋，竟然糊上了稀泥。我母亲立即起了怜悯之心，对一个素不相识的人产生这样的想法，不得不说是一件很奇怪的事情，不知什么缘故，我母亲觉得他有些面熟，她想到了我大哥，觉得又像又不像，反正说不清楚。我父亲说，没事的，你坐上来吧。话音刚落，年轻人屁股一抬就坐上了车扶手上。其实我父亲不发话他也会坐上车的，这样烂泥街让人觉得就是一个丝毫没有瓜葛的人搭个便车你也不会拒绝，何况还是照顾你生意的主顾。年轻人一坐上车，我父亲手猛地往下一沉，他紧了紧手，像一头负重的老牛低着头往街南头拉去，我母亲紧赶慢追地跟着车走。

到了街南，我父亲又出了一身汗。年轻人从手拉车上跳下来，指着路边停着的一辆小货车说，老头，就这辆车，你帮我把白菜装上车。我父亲二话没说，抱着白菜往小货车上装。我父亲很认真地摆放，一棵棵地摆放，像码砖块一样，一层层稳稳当当地摆放好。

年轻人从屁股兜掏出一个皮夹子，从里抽出一张崭新的十元钞票递给我母亲。我母亲接过钱，那年轻人说，到现在还没有吃午饭，饿死了。我母亲在心里想，这个时间点了，早就过了吃中饭的时间，我母亲说，是呀，都快一点了。她从口袋里掏出一把零钞，年轻人几乎是从我母亲手里抢，不过他只抢三块钱就急着跳上车了。我母亲追过去，递上一元钱，说按一百斤算，要收你六块钱，少找了你一块钱。年轻人怔了一下神，面貌似乎痉挛了一下，只有那么短短的一瞬，他感到太意外了，没有接，他清晰地低声说，哦，算了，这一块钱给老头当搬运费了。说完他急急忙忙发动了车子，车子"嗵嗵嗵"冒出一阵烟，开走了。

我母亲觉得自己遇上好人了，手里捏着那一块钱，心里暖烘烘的，很茫然地看着年轻人开着小货车走了，好半天才把目光收回来。

他们回到家时，我们已把中饭做好了。聋子两口子已在我家对门子打牌了，麻将桌周围此起彼伏的谈笑声直往我家小院里冲，那里的喧闹已有了春节的氛围。我母亲朝那边望了一眼，脸庞皱缩，吸了一口气，然后把目光收回来，轻声问，你们作业做了没？我们说做了。她接着说，饭做好了你们就先吃，不用等我们，你们先吃就是了。我们得到指令迅速拿起筷子，我母亲一摸菜都凉了，她又阻止了我们，她把锅放在煤炉子上，又往锅里倒了一点热水，打开炉门，煤火"噌"地蹿起来，一阵浓烈呛人的煤味开始在整个房间弥漫，炉膛里的火焰闪来闪去，像火红的舌头舔着锅底，菜盆放在锅里打汽。很快，菜就热了，热气腾腾地冒着白烟雾儿，像我母亲说话时哈出来的气。

我们三兄弟开始抢钵子里的肉片和白菜心吃。我母亲催促我父亲吃饭，快吃饭吧，不然菜又要凉了。我父亲并不急着吃饭，而是把钱掏出来重新数一遍。我父亲高兴地说，我以为今天的菜卖不完呢，幸好听了你的话，要不然又要拉一车菜回来了。我父亲停顿了一下，说，那个年轻人，看衣着打扮应该是吃商品粮的人。

我母亲说，看他好面熟，你说他像不像我们老大呀。

我父亲看了我大哥一眼，说，像啥？都不怕冷！穿得那么少，不感冒才怪。

我母亲说，光棍爱俏，冻得直跳。哪个年轻人不是这样。人还是不错的，他看我们这么冷的天拉一车菜卖也不容易，把一车菜全都买了。说这话时，我母亲眼睛一亮，仿佛是厨房的灯打开了。我母亲很感慨地说了一句，这世上呀，还是好人多。我父亲静静地听我母亲说。我母亲说，你把白菜搬到他车上时，他还多给了我一块钱，说是给你的搬运费。我母亲笑了，又说了一句，世上还是好人多。

我父亲正数到那张十元新钞，突然瞪大了眼睛，别的钱都脏兮兮的，唯有这张票子是新的，但颜色明显要浓一些。我父亲开始感到不安，但他还是不敢确定，又用手摸了摸，脸色立刻暗了下来。不过，他赶紧收起他刚刚产生还没有来得及发酵的疑虑，用余光偷偷瞄了我母亲一眼。我母亲正在聚精会神地嚼一块白菜根。我母亲常说白菜根营养价值极高，可以止咳化痰通利胃肠，除祛胸中烦闷，她把白菜根说得好似灵丹妙药，但我们却不怎么爱吃。我父亲的手在发抖，在这样的天气里手发抖是再正常不过的了，谁也没有注意到这个细节，我父亲不动声色地把那张钱抽出来悄悄地塞进了裤袋里，然后又若无其事地看了看我母亲，用发颤的声音突如其来地说，是啊，世上还是好人多。说着他凝神望了望门外，不知什么时候又下起了雪，大片大片的雪花落在院子里还没完全融化的雪地上，他又偷偷地望了望我母亲，我母亲的脸颊红扑扑的，那喜悦的神色从眼睛里跳了出来。

摆渡人

　　天气预报挺准的，当我和杨五子一家告别时，雪就下下来了。

　　杨五子过完年要去深圳打工，还没到寒假他已经不来学校了。从初一开始，我能明显感觉到学校里的学生在慢慢减少，我带的班上也有几个突然就不来了的，来的学生心早已不在学习上了，有的三天打鱼两日晒网，有的在课堂上趴着睡觉。打工的娃儿总是把外面的世界说得天花乱坠，往往他们回来一趟总会有一两个学生莫名辍学。家长的态度也是模棱两可的，上也行，不上也行。面对这种情况我应该有些麻木才是，可我见不得小小年纪的娃儿不读书，就算碰一鼻子灰，我也要上门做工作。一次不行，两次；两次不行，三次。总有些家长会被我的行为打动。村里的那些老人们常说，党员就是不一样！其实就算我不是一名共产党员，作为一名人民老师，面对学生辍学我又岂能袖手旁观。

工作没有我想象的那样好做，话总是绕来绕去地说，很多话我重复了很多遍，杨五子一家好像都没有听进去。气氛有点僵。我，杨五子，杨五子的父母，我们四个人围着火盆烤火。火盆是一个破破烂烂的旧搪瓷盆子，应该是他家的洗脸盆，上面打了好几个"铁补丁"，看样儿是无法修补了。几根木柴架在上面燃烧，有一根木柴没有干透，露在外面的一截滋滋地冒着泡。杨五子头扎着，再低一点，火就要燎着头发了。他伸出的双手放在火上方，手背裂了好几道口子，有些肿胀，他不时会用手指在那里挠几下，那地方愈发红亮。我们都没有说话了，该说的话已说了，如果今天不行，我明天还会再来。

平常这个时间，我也要回家吃晚饭了。杨五子一家不感到饿，屁股都没有离开过椅子，稳稳地守着火盆，根本没有张罗做晚饭的打算，要不就是晚饭老早就准备好了，只等着我离开就吃。换作以前，他一家肯定会热情地招待我。今天没有，倒对我的到来有些抵触。

我不得不走了。

我起身时，杨五子的父亲憋红着脸，吞吞吐吐地说了那句客套话："刘先生，要不在家吃了饭走？"杨五子的父母一直叫我"先生"，我说过几次他一家仍改不了口。先生是最受槐树湾人尊敬的，只有老师才有资格被尊称为"先生"。

"不了，得赶紧回去，晚了过不了河了。"我看了看天，补充道："老刘还要河边等我呢。"

杨五子的父亲也跟着看了看天，也不再挽留。他听我说要坐船回，忙说："那得抓紧走。"他话音刚落，他老婆白了他一眼，似乎在埋怨他说错了话——哪有催客人走的道理。

我没有在意这些。

雪还是下下来了。远没到黄昏时分，雪一下，天昏昏沉沉的，倒像抵近了夜晚的边缘。下午还是多云天，我估计躲在云层后面的太阳会慢悠悠地晃出来，结果等来的是一场久违的雪。早知道雪会下下来，我该早一点走。也不知老刘还在不在？我心里不觉有一些忐忑，现在我只能安慰自己硬着头皮往河边走了。

雪，扑簌簌地落下来；地，眼见着白了，厚了。村庄本来就静，下了雪，更静了。暮色有些沉重，天空显得格外的低了，仿佛往前面走一截头就可以顶着天。远处传来几声狗吠，倒给寂静的村庄添了一点生气。我小心翼翼地走着，生怕滑倒了。鞋子踩在雪地上，发出咯吱咯吱的声音，在寂静的田野显得格外响。

这条路以前是一条非常热闹的路。去城里上高中的孩子们会从这里经过，我仿佛还能听到他们上学途中的打闹声。路两边的庄稼淹没在白雪里，依稀还能分辨出它们。把雪叠成一垛垛的是刚起薹的油菜，全部没在雪中，偶尔露出一片两片尖尖叶芽的是小麦。我抬头看看天，雪没有停下来的意思，风也大了些，落在地上的雪像在跑，反着白光，像太阳遗漏下来的碎片闪烁着夺目的光泽。我的头上、眉毛上、肩膀上，也落上了雪。风直往脖子里灌，空气中透着刺骨的寒冷。我闭住嘴巴，有时我会大出一口气，吹走面前的雪，当然这是徒劳的，雪会一朵接着一朵飘落，鼻孔里嘴巴里出得热气像一团白雾。

紧走慢赶，终于上了大堤，看见了河。汉江河水很安静，不似夏季喧闹地流淌。雪落在水里，旋即融入水中，没有了影儿。河沿的浅水处残存住了一点点儿雪，河边的水结上了一层冰凌。

"老刘哎，老刘！"风灌进了我的嘴里，我把双手捧成喇叭状，又拖长嗓子喊了几声，声音照样被吞没在风雪中。看来老刘回去了。想想这鬼天气，换着我也不会在船上待着。这可如何是好！往回走，去坐中巴车，花钱倒不用去考虑，绕老大一个圈子，得一个多钟头才能到家。我叹了一口气。

摆渡人叫刘跃进。他从村支书的岗位退下来后，人闲不住，总是会管一管村里村外的"闲事"。村里有十几个孩子要到城里上高中，为了上学不迟到，天没亮就往街上跑，走近一个小时的路到镇上，坐着镇上的中巴车绕一大圈子，过桥，到城里，再走半个小时的路程才能到学校。夏季的汉江河，最受孩子们喜爱，他们整天浸泡在河水里消暑，有些水性好的孩子会手举着书包、衣服泅过河读书，有些孩子却溺亡在水里。刘跃进把家门前的那棵大桐树砍了，亲手打了这条船，光是桐油就涂了七八遍。刘跃进的父亲曾经是一名船工，据说还渡过抗日的队伍过河，船被枪弹打破了也就没有摆渡了。大家没有想到刘跃进会在花甲之年捡起这活计。刘跃进的船狭长，远看像一只特别大的鞋，行走在水面上，人踩上去，船不停地晃，刚开始坐船的女孩子会吓得花容失色，时间长了，也习惯了，怎么晃也不怕，头也不晕。自从老刘在这里摆渡，他知道哪里有深坑，哪里有水旋，船儿就绕着走。他已记不清自己救过多少游泳被淹的孩子了。这船挤挤能坐十几个人，船舱里坐女孩子和年龄小一点的，甲板上坐大一点的孩子。一早一晚他专门接送村里的孩子上学，孩子们坐上他的船，省去往返的两趟路程，也省出一些时间。那几年，村里上高中的孩子都坐老刘的船。现在，人们有钱了，开始考虑坐船的安全性，老刘越来越老了，他还能驾驭得了那条船吗？坐船的人一天天少了，只有一些到沙洲种地的农人不得不坐，还有几个家庭条件差一些的孩子为了省下那几块钱的车费，会很无奈地选择坐他的船。坐船的孩子们少了，老刘好像更老了，像他摆渡的那条船，越来越旧。

河边那棵老槐树在寒风中发抖，光秃秃的树枝挂上了雪。树前数米外有一个高坎，坎下面就是河。往前走几步，一条船出现在我眼前。船用一根粗粗的绳索系着，另一头拴在老槐树的树脚。船上放着一根无精打采的竹竿，上面落上了雪，显得这根竹竿有点臃肿。这船不是机动船，也不用桨，而是用竹篙，看老刘撑船好像容易得很，竹篙轻轻一撑船一下子就飘出去老远；没有这技术的人，竹篙也是一撑，却只能让船在河水里打转儿。让我摆渡，还真没有那个本事，我只有看着别人撑船的份，那是一幅多么动人的画卷啊，我不想让这幅优美的画卷在我手里变得难看。仔细看一下河水，有淡淡的薄雾腾起，那是从河里冒起来的热气，像袅袅炊烟，细看时，像有又似无，倒也觉得十分亲切，十分温暖。看着，仿佛河对岸飘来一股烧饭的香味直往我的鼻孔里窜，我想家里人已经等急了。

这时，船莫名晃动了一下，河边的水一浪接过一浪地往岸边扑，发出哗哗的声响。风吹不动靠了岸的船，我心里一怵。四周望了望，空无一人，心里的怯意又重了一些。黑漆漆的船身，像一具棺材，上面落满了雪，像铺上一层白幡，往这上面一想更有点瘆人了。我壮着胆，伸长脖子，往船舱里望，船舱里铺了厚厚的稻草，里面不见人影子。

"老刘哎，老刘！您在不在？"我故意大着声音喊，这样胆气足一些，"有人吗？老刘您在不在？"

"哎，哎，在，在！"一个苍老的声音从船舱里面传了出来，有点像老刘的声音，又有点不像老刘的，瓮声瓮气看不见人。我心里毛炸炸的，会不会遇上鬼了。这时船又动了，船里的稻草也动了，发出窸窸窣窣的响声。稻草里有人！我双腿叉开，不禁握紧了拳头。稻草里钻出一个人来。是老刘。

老刘扶着船帮，猫着腰从船舱里钻出来。老刘仍穿着那件黑棉袄，上面的扣子已掉了好几颗，只剩下最上面的两颗，被扣上了，两片门襟没有扣子管束，他在腰里扎了一根绳子。那根绳子格外扎眼，是用稻草编的，看来是他就地取材临时做的。他的两条眉毛皱在了一起，双手冻得不停地搓着。老刘摆渡不收钱，当成自己应尽的义务，一天也不曾耽搁过。有一次老刘肺气肿犯了，咳得厉害，被他儿子刘建民逼着住进了医院，他却硬逼着刘建民替他撑了一个星期的船。

看到了老刘，我悬着的一颗心终于放下来了。

他拉了拉绳索，船往岸靠了靠。他几乎有点不敢相信自己昏花的老眼，用手背揉了揉眼睛，仔细看了看我，呵呵一乐。"是刘老师！赶紧上船，来，来，进舱里躲躲，暖和暖和。"老刘说，"这鬼天气，哈口气牙齿都冷得发颤。"老刘吸了吸鼻子，又搓了搓手，然后用手捏了捏冻得微微发红的鼻头。我心里有一种说不出来的滋味。

我笑着说："还以为您回去了呢？您再不出来，我就要返回去坐车了。"

"哪能呢？说好的，哪能撇下你走嘞？"老刘摆了摆手说。

"这么冷的天，你就这么一直在这里等着。您不怕我坐车回去？如果我不来，你不是白等了。"

"下雪前，我也担心你会坐车回去，转念一想你不是失信的人，你来了我不在，岂不是误了你的事。"

我跳上船，船体一晃。老刘枯枝一样的手一把将我拉住。老刘的手劲真大，隔着厚厚的棉衣仍捏得我胳膊有些疼。

我有很久没有坐这条船了，上下班也是坐中巴。我忍不住再次打量这条船。船舱的顶棚用几根篾片绷着，篾片颜色有新有旧，上面铺着一层油毡，有的地方铺着白色的薄膜。船甲板裂开了缝隙，舱外的甲板落上厚厚一层雪。舨舷处有一小片白雪变成了黄色，半截火柴棒在上面，燃烧过的那头尖尖的、黑黑的，后面是圆圆的火柴棒，火柴棒用蜡纸做成的。那是"龙头牌"火柴，点燃后不是特别大的风，轻易不会自己熄灭。我一下想到了老刘抽烟的样子，他捏着火柴梗，轻轻一擦火柴盒侧面的红磷，哧的一声点着了，然后双手捧着火点燃嘴里叼的烟，慢慢地吸，非常陶醉。

雪在空中飞舞，透过雪，可以看到汉江河十分辽阔，远处的沙洲一片白色，无遮无掩，到处空旷无物，除了雪，一无所有。我有好久没有欣赏过如此美好的雪景了。如果这河面上有几只鸟掠过，横着几条船，最好船上有戴斗笠穿蓑衣的老翁在风雪中垂钓，就更有诗意了。天空仍是雾蒙蒙的一片，除白色的雪，到处似乎不带任何颜色，单调而祥和。坐在船上的那一刻，我的心平静了，现在更平静了。

"刘老师，坐好喽！开船喽！"老刘把绳索解开了，那根长长的竹竿握在手里，他咳嗽了一下，清掉喉咙里的粗哑，照例高声喊道。

那竹篙一到老刘的手，变得活起来。老刘抖了一下竹篙，上面的雪四下飞舞。竹篙在老刘的左右手不停地交换，竹篙插进河水里，他用力一撑，船向前奔去，接着，竹篙又在他手里快速地提起，竹篙再下水，再撑，船再向前奔走。遇到水深处，竹篙探不到底，他双手握住竹篙的中间，用竹篙两头的挑水，左挑一下，右挑一下，船就匀速前进。从河里带出来的水来不及从竹篙上流到老刘的手上，就汇聚成一道水线，又洒进河里。

河水波光粼粼，雪花落进水里会闪一下，才融入水中。老刘双手不停地抽篙、撑篙，双眼盯着远方。我拍了拍身下那一层厚厚的稻草，有一股带有霉味的灰尘飘起。我忙捂住鼻子，不让喉咙处的那一个喷嚏打出来。

"啊，啊嚏！"这时，老刘猛地打了一个喷嚏，把我喉咙里的那个喷嚏给打没了。看着老刘一弯腰，我的心跟着一颤，生怕他被自己的喷嚏震得掉下河去。他吸了吸鼻子。我看见一滴鼻水从他鼻子里掉落，他却浑然不觉。

我心痛地说："您老可要注意身体哟，可不能着凉，小心您的肺气肿又犯了。"

"哪能呢，这不都穿上了棉袄了嘛。"老刘笑着盯着自己的腰，自嘲地解释，"你看看，我腰里系根绳，顶你穿三层。"

我附和着笑了笑，鼻子有些酸楚。这个闲不住的犟老头！

我犹豫着又问："您没有送别人过河？一直在这里等着我？"

"可能是这天气的原因吧，从早上到现在只送了你一个。"老刘呵呵笑了，"雪还没下下来的时候，天已经很暗了，我估计没人过河了，准备回去了，想到和你约好的，就在这里等你，后来犯困，躺在稻草里猫了一会，结果竟然睡着了。还好，还是把你给等来了。"

我苦笑着说："您要是回家了，我可要遭大罪了，得顶着北风往回走。"

"哪能呢，哪能呢，说得好好的。"

老刘人瘦是瘦，身子骨还是蛮硬朗的。我寻着话问他："老刘啊，您老今年高寿？"

"快七十了。"老刘望望我回答，"眼见着要入土啰！"

　　老刘的话让我有几分伤感，我盯着老刘的脸说："您老的身体刚强得很，起码要活一百岁……"

　　老刘显然知道我要说这话似的，边撑着竹篙边大声说："活那么久干啥，不是给子孙们添负担！"他蓦地像想起什么似的，眼神忧郁，叹了口气说："唉！老了，现在撑一天船腰酸背痛的，我真是有些担心哪天撑不动了，这河就没有人摆渡了，孩子们以后上学咋办？"他背对着我，我看不到他脸上的表情。这时，天气愈发阴沉，雪花更大了一些，成团地飞舞。他顶着风雪，站立在船头的孤零零的身影显得格外落寞。他的头上、身上，都是白扑扑一层，像一个雪人，让这个空荡荡的小船显得丰富了。

　　"老刘啊，您不要时时刻刻惦记着孩子们，以后，以后让他们去坐车好了，您老正好也休息休息，好好享几年清福。"我说。其实，坐船上学的孩子本来就不多，等他真摆不了渡，孩子们会去坐车，没有了船大家也会慢慢习惯的。

　　"我是一名共产党员，只要我还能爬得起来，只要我还干得动，这船我就得撑！活一天就要为村里的孩子们做点实事！"老刘扭过头来看着我，有些激动地说。老刘的脸被风雪吹成紫红色，皱纹在额头上刻着，数不清有几道痕了，两只眼睛大得有些惊人，却炯炯有神，看上去是那么坚定、和善。老刘好像没多大变化，从我认识他时他就是这副模样，也许是时常看到他，让我感觉不到日子一天天过去带给他的变化。今天，冷不防地细看，老刘已在不知不觉中老去。

我微微地叹了一口气，看着他没有说话了。

船快到岸了。岸边有个矮矮的东西，落满了雪。我知道那不是小树，也不是石头。定眼看去，那东西站立起来。原来是一个人，还有人要过河？这也太不会选时间了。那人冲我们挥舞着手臂。

"爹，快点哟。"

是刘建民。

"来嘞！"

老刘应着，手并没有停歇，竿在手上飞快地起落，船驶得更快了。

船转眼就到岸了。老刘把绳索往岸上一抛，刘建民一把接住，他使劲把船往岸上拉，船底好像触到了地。我向前一蹦，跳下了船，脚踩在雪上，软软的，像踩在沙滩上。老刘也跟着跳下了船。这边的河岸没有树，刘建民拿着绳索上系住的铁钎子，使劲往地上一插，铁钎子插进了一半。老刘从不远处拾来一块石头，拿着石头对准铁钎砸了几下，铁钎子被深深地钉进了地里，只露出栓绳索的那一个头。他父子倒是配合很默契。老刘缓缓地站起身来，又猛地咳嗽起来。

刘建民用手轻轻拍着老刘的后背，责怪道："是不是抽多了。"

"没有。"老刘一口否认。

"没有？没有你还咳？"

"我真没抽烟。一根都没抽！"

刘建民根本不相信，他看了看我，笑着对老刘说："你早上出门，我偷偷检查过了，烟是一整包，火柴有七根。"刘建民把手往老刘面前一伸，笑着说，"来，把烟和火柴给我，我检查一下。"

"你小子竟然监视我。"老刘对儿子的做法颇有不满。

刘建民看着老刘咧嘴一笑："还不是为了你好。"

老刘拿儿子没有办法。为这事全家没少说他，他生气归生气，但是理儿在人家那边，一说都是为你好，噎得他没的话说。刘建民手往老刘身上伸，老刘扭动了一下身子，刘建民的手已经伸进了老刘的裤袋，从里面掏出了一盒火柴。刘建民指头一顶内盒，再把内盒一拉，像拉开了一只小小的抽屉。刘建民看了一眼，拿着火柴盒往老刘面前一伸，又把火柴盒转到了我的面前，火柴盒那个小格子里安静地躺着六根火柴。刘建民抬了抬下巴，嚷着说："还说没有抽，火柴怎么少了一根？"

"我哪里知道！"老刘口气恼火，把脖子一梗，瘦长的脖子露出两根很粗的筋。

刘建民斩钉截铁地说："我数得好好的，七根，七根火柴。"刘建民看着我强调："刘老师，我是不会数错的。我虽说学习不行，但是这个数我还是数得清楚的。"

刘建民笑着说："不过表现还不错，只用了一根火柴，看来抽得不多。"他边说边开始搜老刘的身。老刘先是不情愿地转了一下身子，而后双手张开，胸襟坦荡地任由刘建民处置。我被这爷儿俩给逗得忍不住地扑哧笑了。烟被搜出来了，烟盒早就撕开了。刘建民有些得意，好像又找到了老刘抽烟的另一条证据，点了点头说："烟早上还没有打开。"他把烟盒的锡铂纸翻开，看了看，烟整整齐齐地在烟盒里。他有点怀疑，手指划拉一下，数出了烟的根数。他又划拉了一下，嘴里跳跃着数出了数："一五，二五，三五，二十。"整整二十根，一根不多一根不少。刘建民不敢相信自己的眼睛，脸上现出了诧异的神色。他像个侦探，从细微处入手，不想放过任何的蛛丝马迹。烟盒边角处的那根烟有些异样，他定眼一看，发现这一根烟蒂上有浅浅的牙痕，他用拇指和食指小心翼翼地把那根烟从里面拎出来，烟头处果然有火烧过的痕迹，像是刚点着火又被人掐熄了。刘建民狐疑地盯着老刘看。

老刘恍然大悟。他用力一拍大腿，指了一下那根烟，解释道："当时在船上等人，也没个人说话，一个人确实闷得不行，我怕犯困睡着了，就点了一根，刚抽了一口，突然猛地咳嗽起来，我就把烟头给掐灭了。"

刘建民疑惑地问："然后没抽了？"

老刘点了点头。

刘建民觉得有些不可思议，用调侃的语气说："行啊，能控制住自己的烟瘾。"

老刘稍微抬了抬头，一脸严肃，倒有几分威严。他望了一眼刘建民，嘴角边露出得意的笑容，反问道："我说没抽你还不信。现在信了吧。"

"信！信！这是啥老爷管事？"刘建民惊讶不已，他试图缓解自己的窘态，不解地问，"您是怎么做到的，老妈为抽烟的事可没少跟你吵，也不见效，现在是不是有哪路神仙在暗中相助！"

老刘眼睑下垂，想了想，又微微抬起，正色道："我还想多活几年，为孩子们做点事。"接着，从老刘嘴里传来了急促沉重的喘息声，他的肺气肿又犯了。

刘建民怔了一下，看上去仍有些疑惑不解。他不再说话，陷入了沉思。

老刘的话确实有些伤感，我听了心里也是五味杂陈。

沉默在空气中凝滞，像被寒冷的风雪冻结了。沉默中，老刘看了看风雪中的汉江河，又看了看那条船，深深地呼出一口气，面容有些忧虑，或者说有些迷茫，喘着粗气地说："过两年，我撑不动了咋办哟。谁来渡孩子们过河？"

"没事，我来摆渡！"刘建民说，声音在风雪中分外响亮。

"你？"老刘凝视着刘建民，好像一个天外来客突然出现在他面前似的，随即又露出了困惑的神色。

刘建民知道他老子对他的话有些怀疑，挺了挺胸脯说："您别忘了，我也是一名共产党员！"刘建民的话快速地蹦出来，怕他老子没有听清，又慢慢地重复道："别忘了，我也是一名共产党员！"刘建民的脸红了，像一个微醺的人，高昂的情绪已在他身上产生了作用，他仿佛找回了遗失许久的东西。

我和刘建民对视了一下，我们又一起向老刘望去。

　　我们三个人都笑了。笑声在风雪中飘荡。老刘的眼睛湿润了，也许是不经意间一朵雪花飞进了他的眼眶。他的脸庞很亮堂，额头舒展了许多，很宽，很阔，那几道深深的皱纹也变浅了。

后 记

　　这是我所写的部分短篇小说，从中挑选了一些出来，整理成册，算是对过去几年的一个总结吧。

　　本书中的小说先后在《西部》《绿洲》《湖南文学》《广西文学》《当代中国生态文学读本》等刊物发表，有些是身边的人和事，当然也有虚构的成分在里面。《连士方的秘密宝藏》就是真实的事情。事实归事实，但请读者一定要当作文学作品来对待，千万不可对号入座，文字如有冒犯之处还望一笑处之。

　　这部短篇小说集对于我来说特别有意义，也算是完成了一桩心愿。2001年我正在创作一篇小说，因工作和家庭琐事困扰，断断续续地写，年底我女儿出生了，当时要上户口没有名字可不行，以前总以为是一个男孩，男孩的名字想了好几个，唯独没有想到女孩的名字，这下可急坏了，想着自己的小说还没写好而女儿已经来到身边，我随口说叫"小说"吧，大家都觉得这名字很有诗意，很特别也很好记。名字就这么定下了。殊不知这名字却给我带来了巨大的压力。从此女儿的名字让人记住了，而我的名字让人们淡忘了，刚开始只是小孩子喊我"小说爸爸"，后来连大人们也跟着孩子们一起叫我"小说爸爸"。这名字叫出来可不得了，顿时觉得事儿整大了，大家都知道，朱光亚被称为"中国原子弹之父"、袁隆平被称为"中国杂交水稻之父"，我作为一个文学爱好者竟然被称为"小说爸爸"，折煞我也，可是女儿的名字上了户口簿，白纸黑字写在那里，我羞愧万分，后来竟然成了我的一桩心病，现在好了，有了这本短篇小说集，多多少少可以像鸵鸟一样把头扎进沙里安慰一下自己。

当然，这部集子笔法稚嫩，文中有无关紧要的冗余词句，也有这样那样的毛病，实在没有什么艺术价值。敝帚自珍！我没有试图校正这些文字的打算，我一直认为，任何一篇文章都会有这样和那样的瑕疵，好也罢，坏也罢，都是自己当初所写的文字，留着作纪念吧，如果现在进行修改，我甚至有全部推倒重写的想法，这样就不是原来那个样子了，如同自己的孩子一样，哪天她突然整个容，美得连你都不认识了。她还是以前的她吗？既然是自己的文字就没有嫌弃的道理，这样我就可以俯瞰自己以前的文字，了解自己的不足和差距来鞭策警醒自己。

对于写作，我一直惶恐不安，我知道在短篇小说这样逼

仄的空间里自己的表达功力远远不够，我担心自己所组合的
文字会亵渎读者的眼睛。但是，对于文学我是认真的，我把
我想表达的意思清楚地表达了，都是你和我的事或是你和我
身边发生的事，你一定会感到亲切、感到熟悉。写下这些文
字是出于纯粹的叙述的快感，我把我所知道的与大家分享了，
仅此而已。

　　在这里，我要感谢文化名人崔付建兄和知名小说家陈武
兄，因为他们的精心策划和鼎力相助我才有机会出版这本书，
我还要特别感谢著名作家、诗人远人兄一直以来对我的鼓励
和大力支持，没有他的指导、扶持、裹挟，我不可能在文学
这条清苦的道路上坚持前行。当然在文学道路上还有许多的
文朋诗友对我给予了无私的帮助，在这里我就不一一列举了。
最后，再说一声谢谢！是你们的关心、支持、帮助才促成了
这部短篇小说集的问世。

　　　　　　　　　　　　　　　　　　　汪破窑
　　　　　　　　　　　　　　2018 年 8 月于深圳